花千樹

幻行者 1
吸血魔結界
徐焯賢

目錄

序章　我不是王子

想當初，他們三人四處流浪，
遇到喜慶事就開懷暢飲，
碰到不平事則拔刀相助，相當寫意。
哪料到一則消息就讓
他們三人的關係起了極大的變化。

在蔚藍的天空下，一名雙十佳人坐在大石上，把兩條腿垂到河水中，輕輕踢著水花，紓解著匆匆趕路的鬱悶。她把弄著散落在兩肩的金色長髮，神態自若。

這裡是人稱「母親河」阿髮河的支流，從西面的大雪山發源，一直往國土的東濱延伸過去。阿髮河的得名，全因一名智者曾經說過，它是國土的秀髮，在月色下散發著點點閃光。

喬亞並不知道這傳說是否真確，但既然所有居民和古書都如此說，他亦只好接受這個說法。他躺在山腰的大樹下，輕輕撫摸著站在心坎上的小松鼠，寫意地看著阿髮河和她，不自覺地看得著迷了，差點連克遜走到自己身旁也察覺不到。

克遜把大日寶刀插在地上，盤膝坐在喬亞的身旁，說：「在遠處看去，她就像阿髮河的頭飾。」

喬亞定定神，說：「這比喻挺不錯，是《古賢書》的話嗎？」

「這是我的心底話。」克遜一頓，正視著喬亞，「小弟，你真的要在我登基後，就回去師盧嗎？」

喬亞伸了個懶腰，坐起來，説：「什麼人就幹什麼事。我是閒人，自然要做閒人的事。不過你可以放心，只要你和阿芙拉有事，我一定會趕過來。」

克遜拍拍喬亞的肩膀，自信滿滿地說：「天下會有難倒我的事嗎？不過我仍很感謝你，其實你可以成為我們兒子的師父。」

喬亞點點頭，看著這個即將權傾天下的克遜王子，感到無比刺眼。師父曾經説過，克遜是猛烈的太陽，天生具備王者之氣。喬亞是月亮，一個天空只可以有一個光源，他們不能靠得太近。

確實自從知道克遜流著王家血脈，喬亞就越發感到二人之間有著天淵之別。他熾熱、爽朗，做人光明正大，不像自己事事向壞處想。

想當初，他們三人四處流浪，遇到喜慶事就開懷暢飲，碰到不平事則拔刀相助，相當寫意。哪料到一則消息就讓他們三人的關係起了極大的變化。

喬亞仍然記得那個黃昏，在一條漆黑的死胡同旁，他們三人聽到一名婦人的尖叫聲，立即飛奔進去看看。不過他們在死胡同裡看不見任何人，只看見一道修長的黑影投射在地上。

喬亞抬頭一望，看見一名披著灰袍的漢子站在屋頂上。而更糟糕的是死胡同兩側的屋頂上也分別站著一人，然後一陣沉重的腳步聲停在巷口。他們一下子就被包圍了，「大賢者」的三名愛徒竟然如此輕易就被包圍，對方應該頗了解他們見義勇為的性情。

不過這四名陌生人並不了解他們的實力，喬亞還沒有弄清楚是什麼一回事前，克遜已一如既往般拔出他那把闊如巨蟒的大日寶刀，往守在巷口的傢伙劈過去。

克遜做事從來都是這樣子，別人以為他衝動，但喬亞卻知道這是他審察時勢後做出的最佳決定。守在巷口的是個身穿厚皮革的巨漢，他龐大的身軀比克遜還要壯健，至少高上一個頭，手執一柄巨斧，功夫應偏向硬朗，反過來腳下該不夠靈活，看來較另外三人容易對付。

——不能被包圍！形勢落於下風，就什麼也不用說。

因此克遜一動手，喬亞也拔出他的劍，一柄通體漆黑的劍。

「是黑龍劍！不能讓他呼喚出聖獸！」

不知道是哪個陌生人大叫，但聲音有點古怪，辨別不到是男聲還是女聲，顯然對方是故意壓低聲線，不讓他們聽清楚真實的聲音。他雖然作出提示，但一切已經太遲了，身為「大賢者」的徒弟，「幻劍師」喬亞並非浪得虛名。只見他左手結印，迅速打在黑龍劍上。

黑龍劍的劍身登時有四道黑影撲了出來，竟然是四頭黑色的巨鷹，牠們甫一展翅，便分別衝向四名陌生人。巨鷹速度快，迅速掠過克遜，直撲向巨漢的臉。

巨漢見惡招襲來，擺動巨斧，巨鷹立時潰散，化成一縷黑煙，飛回喬亞身旁。但他並沒有鬆懈，巨鷹散去，巨大風壓已迎面撲來，只見克遜連人帶刀飛撲過來。刀斧交擊，巨漢後退了十多步。

克遜也不好過，被震退了十步有餘。

巨漢吸了口氣，正想衝前，黑龍劍又再撲出另一頭聖獸，卻不是剛才的巨鷹，而是一頭黑色的獅子。獅子往下一沉，突然躍起，猱身撲向巨漢。

喬亞一面控制四頭聖獸，一面暗暗稱奇，克遜師承名門，是天下最強四名刀手之三──「第三刃」，向來以凜冽的刀勢見稱，何曾與人鬥至難分難解？

──他們到底是誰？

不過形勢不容他想這麼多，他突然覺得另外三頭巨鷹好像有點不受操控，像被什麼力量拉扯著，不能任他隨意操控，非常奇怪。也確實難為了他，他不能與這些聖獸心靈相通，只能通過自己的眼去了解狀況，因此三頭巨鷹飛至屋頂後，他沒法瞧見牠們的狀況，只能不斷操控牠們來回飛翔，希望能瓦解對方的陣勢。

就在喬亞感到疑惑之際，奇怪的事突然發生了，地面竟然迅速凹陷。

──是機關嗎？

「是『精靈法則』！」

喬亞曾懷疑這個世上除了師父和阿芙拉之外，還有沒有人懂得「精靈法則」，但當下由過來人「精靈使」阿芙拉說出來，他就不得不相信了。不過他正控制著四隻聖獸，沒法抽身應付地陷，只好望向阿芙拉。

阿芙拉說完，雙手合十唸起「水柱之法」的咒語，本來凹陷的地面產生更劇烈的變化，三道猛烈的水柱立時自喬亞三人的腳底噴射而出，把三人射向天上。

三人的身影頓時比站在屋頂的三名陌生人更高，形勢立時逆轉。

喬亞放眼望去，站在死胡同兩側的是一名少婦和一名應該與自己年齡相若的少女。少婦雙手合十施法，是她施展「精靈法則」吧！

少女則手執兩柄幼劍，與三頭巨鷹糾纏。喬亞恍然，難怪三頭巨鷹不能任意飛翔，原來是被她的雙劍圍困著。突然少女飛出左手的幼劍，在半空繞了個圈，打在一頭巨鷹的翼上，再回到她的手上。

——「御劍術」？她到底是誰……竟然……

「呀！」巨漢怪叫一聲，巨斧擊潰黑色獅子後，朝天上飛起，直飛向人在半空的喬亞。

糟了，他們雖然處於半空，但實際上無從借力，對著迎面而來的惡招就只有力拚。力拚就再不能分神控制那三頭巨鷹，顯然對方不但身經百戰，也對他的「幻劍術」有一定認識。

「藏起來！」

克遜突然大叫。喬亞、阿芙拉與他相處多年，立即明白「藏」的意思。

阿芙拉唸唸有詞，一道水柱自地底射出，湧向她的腳下。不過水柱並沒有把她彈得更高更遠，而是在她腳下如花瓣般打開，然後合起來，把她藏在中間，正是「精靈法則」的「水藏之法」。

喬亞也鬆開左手的法印，三頭巨鷹立時互相撞擊潰散，化成三道黑煙，往黑龍劍飛去。接著一頭更巨大的飛鳥自劍身飛出來，喬亞左手一伸，捉著牠的利爪同時飛起，避開了巨斧。

少女本來以為雙劍能控制三頭巨鷹，根本料不到他會以自相殘殺的方法收回巨鷹，暗呼了一聲大意，同時抬頭看著高高在上的喬亞，臉上流露出不悅之色。

灰袍人大叫：「大家閃開。」

四名陌生人立時往後飛退，也幸好他們當機立斷，就在他們退開的一刻，四道刀光同時劈在他們的腳下，屋頂、樓房倒塌，地面陷得比剛才更深。

——這就是「大賢者」首徒「第三刃」的實力嗎？

四人同時抬頭往上望，只見在金黃的夕陽照射下，克遜渾身散發著一道難以靠近的氣場，遍體金光。

「克遜王子不愧是王裔的後代。」

——王子？王裔後代？

喬亞聽出對方有罷戰的語氣，鬆開左手，徐徐落下，飛鳥也順勢飛回劍內。喬亞三人為免再陷入被包圍的局面，都落在屋頂上。樓房早被克遜的刀光破壞，已無一寸良瓦，能夠站在上面可見真有本事。

少婦雙手合十，下陷的地面立即生起幾道高牆，支撐著傾斜的樓房。

「我不是王子！」克遜臉色陰沉地說。

「你們是國師的徒弟？」阿芙拉問。

「你果然心思縝密，我們就是國師的四名徒弟，跟你們一樣，都懂得古代留下來的各種『法術勢』。這次是奉師父之命，請二王子回去登基。」灰袍人說。

「你們這算是『請』嗎？」喬亞低頭看著那幾道新起的高牆。

「對不起，我們只是一時技癢，說到底我們都是『法術勢』的傳人，在這個世上應該很難找到對手。」灰袍人說。

「如果我們身手不在你們預期之上，早已斃命，還說什麼回去登基。」喬亞冷冷地說。

「原來『幻劍師』這麼膽小。」說話的人是守在死胡同的巨漢。

「夏兒，夠了，還不收手？」灰袍人脫下帽子，露出一張滄桑的臉。他的臉看上去比實際年紀大，似乎飽歷風霜。

巨漢聽著，瞪了喬亞一眼，緩緩吐了口氣。他的身子也隨著這一呼氣，慢慢縮小，本來比克遜還要巨大的身子，一下子變得跟喬亞差不多。年紀也頓時年青了很多，約莫二十歲。他身上的皮革也該是特別訂造，竟然隨著他的身體慢慢縮小。

灰袍人續說：「我叫艾瑟，是他們的師兄。懂得『精靈法則』的是我的妻子——比尤姬；用雙劍是我的妹妹——溫妮雅；最後是我們的師弟——夏格。」

喬亞沒有說話，回頭看著只說了一句「我不是王子」的克遜。

「為什麼他要回去接任王位？」阿芙拉問。這顯然該由克遜發問，不過看來他不喜歡王子的身份，對相關的事不大有興趣，又或者不屑去討論。

確實，喬亞還是首次聽到師兄是王子的消息，不過看來阿芙拉早知道這件事。他們三人雖然份屬同門，不過甚少提到往事，有時候不是不想提起，而是事情已太久遠了，不會特別記起。

阿芙拉當然知道克遜的事，她是克遜的師妹，也是他的情人，而且她一直很體貼，他們兩個不願意做的事，她都一力承擔。克遜不願意知道王室的事，就由她去問。喬亞有時候在想，克遜是太陽、自己是月亮的話，阿芙拉可能就是星星，在遠處，而又無處不在地看著他們二人，有需要的時候，她就出手，她就是一個如此的女子。

「國王病危，大王子又瘋了。」艾瑟說。

「大哥瘋了？」克遜終於再說話。

喬亞聽著就知道克遜的王子身份非虛，而且還很喜歡他的哥哥。

「呀！」阿芙拉的叫聲把喬亞從回憶中拉了回來。

——到底發生什麼事？難道是溫妮雅……

第一章　神秘屍體

喬亞用劍撥開蘆葦，向前走了十多步，就看見克遜、阿芙拉卓立在蘆葦叢之中。

他們身前有一具浸在水中，微微發臭的屍體，喬亞閉著氣走了過去。

聽到阿芙拉的呼喊，克遜立即拿起大日寶刀，二話不說就跑了過去。

克遜的反應從來都是如此迅速、準確，不讓對方有任何喘息的空間。

看著克遜的背影，喬亞就知道自己不用太操心，有他在，天變也不需要害怕。他也不需要太著急，不，他也急，不過他並沒有趕過去支援阿芙拉，他的眼波掃視著四周，望望河水、望望石灘、望望樹林，希望尋找到另一個人的蹤影，一個他們三人團隊以外的人。

他很快就在樹林發現她的身影，她聽到阿芙拉的尖叫，也立即自樹林中飛奔出來。她的身手非常敏捷，就像一頭羚羊般，只在大石上躍了幾下，就落在克遜的背後。

她看見克遜，也知道阿芙拉的叫喊聲從何而來，就是沒有看見喬亞。她立即停下腳步，回首看著剛站起來的喬亞。

喬亞迎上她的眼波，把小松鼠放回腰包裡，好整以暇地說：「小朗，我們也去看看。」他的神情就像告訴任何人，一切都與他無關。

她看見了就生氣，她知道他著急，卻裝作事不關己一樣。不是這樣子的，他不是毫不關心阿芙拉，而是把注意力都放在自己身上。他的神情和動作已經說明了一切：在這裡能夠傷害阿芙拉的，只有她。只要他盯著她，阿芙拉就沒有危險。縱使遇到危險，她和克遜也可以化解。

他只需要盯著她，不讓她出手。

她想罵他，但她卻不知道該說什麼才好，阿芙拉是「大賢者」的愛徒，為人細心謹慎，精通世間罕有的「精靈法則」，天底下該沒有多少傢伙可以傷害到「精靈使」，而偏偏自己就是其中一人。

她真後悔當日在死胡同裡，以雙劍纏著三頭巨鷹。喬亞一眼就看出她的用意——把三頭巨鷹制伏後據為己有。有此能耐的人，比懂得「精靈法則」的更可怕。

——這種功夫絕對可以傷害他們任何一人。

因此，當艾瑟說他們七人同行時，喬亞第一時間否決了。

阿芙拉知道這個小師弟生性雖然孤僻，但遇到大事不會如此不知分寸，顯然他十分擔心，不過現在不是反臉的時候，只好說：「你們怕我們不前往王都嗎？」

艾瑟搖首：「王都內仍有很多大王子的信徒，他們不知道箇中的狀況，仍想擁立他。一個瘋子如何治理國家呢？」

克遜瞪了他一眼，說：「小心你的話，我只是回去看看情況。」

喬亞也說：「國師難道不想控制王國嗎？」

「如果師父要控制王國，就該擁立大王子，何必要我們前來找二王子，而且還要受你們的白眼呢？」夏格把巨斧收於背內。他現在的個子比較矮小，巨斧收於後背，差不多有他半個人巨大，形相有點怪異。

喬亞皺眉說：「同行是絕不可以的。」

「我有一個建議。」比尤姬待各人的眼波都落在她的身上，才說，「就讓溫妮雅陪伴你們。我們三人則回去覆命，並沿途打點。這樣做你們贊成嗎？她這麼一個少女，你們不會反對吧？」

喬亞的面色立時一沉，聽得出是那把故意壓低聲線的聲音，警惕之心完全沒有放下來。他的眼波也同時落在溫妮雅的臉上，這個差點以雙劍制伏自己的三頭巨鷹的女劍客。

阿芙拉心想對方已經讓步，只好說：「大師兄，這樣決定可以嗎？」

克遜點點頭，問：「大哥為什麼瘋了？」

艾瑟望了望妻子，比尤姬即說：「二王子，借一步說話可以嗎？」

克遜點點頭，與比尤姬走得老遠。

喬亞、阿芙拉都生怕比尤姬突然施展「精靈法則」，兩對眼一直緊緊盯著她的雙手，任何施法者都要通過雙手結印，只要她一有異動，就攻擊她的手。

溫妮雅走了過來，冷冷地說：「我用不用交出兵器？」

喬亞冷冷地盯著她，說：「你不跟著我們才妥當。」

溫妮雅氣得一臉泛白，她生於豪門，父親和哥哥都是王都的重臣，師父更是一人之下萬人之上的國師，身邊裙下之臣多不勝數，從來沒有受過如此冷言冷語。

——嫂嫂到底在想什麼，竟讓我跟著他們。我終有一天會搶去他的聖獸！

克遜走了回來，說：「我決定接受王位。阿芙拉、小弟，我們一起回去吧！」

阿芙拉瞟了比尤姬一眼，暗想這個與自己一樣懂得「精靈法則」的少婦真有辦法，竟然勸服了一向固執的克遜。但她回心一想，或許不是比尤姬的口才了得，而是事態比克遜想像的嚴重得多，為了王國和家人，他必須去承擔這個重任。

「那就好了，我們分頭行事。二王子，王都見！」艾瑟說完，便轉身離開。比尤姬走到溫妮雅身前，輕聲叮囑了幾句，也跟著艾瑟遠去。

夏格卻沒有任何動作，只是一直看著溫妮雅，直至她點頭，他才依依不捨地離開。

——原來是一對小情人。

阿芙拉看著夏格的反應，已猜到留下溫妮雅是比尤姬突然的想法，戒心頓時放下了大半。

克遜他們也想離開的時候，溫妮雅卻說：「等一會兒。」

三人暗感錯愕，溫妮雅已走進剛才被克遜破壞的房子，看看有沒有傷者，又把身上的紙鈔和銀幣都交給了房子的主人，才說：「我們可以動身了。」

克遜、阿芙拉看在眼裡，敵意銳減，就只有喬亞一直都對溫妮雅心生警惕。

「你放鬆一點。」阿芙拉勸說。

「如果他們三人不是在前頭打點，也不是回王都覆命，而是在沿途設下陷阱的話，她就是內應。」喬亞說。

「你『幻劍師』怕過誰呢？」阿芙拉又說，「這樣盯著人家，人家可能誤會你對她有意思。」

喬亞聳聳肩，不置可否。

——你看夠沒有，還不如去看看你的師姐。

溫妮雅沒有說話，不過喬亞卻從她的眼神，彷彿看到她的不屑。

喬亞經過溫妮雅的身側，卻故意不看著她。

溫妮雅心裡有氣，但當下形勢比人強，只好忍氣吞聲。

原來阿芙拉在喬亞與克遜聊天的時候，已離開石灘，走進了蘆葦叢。喬亞用劍撥開蘆葦，向前走了十多步，就看見克遜、阿芙拉卓立在蘆葦叢之中。他們身前有一具浸在水中，微微發臭的屍體，喬亞閉著氣走了過去。

克遜回頭看了看喬亞和他身後的溫妮雅，蹲了下來，準備要翻動屍體。

「等一會兒。」喬亞遞出黑龍劍。溫妮雅跟他站得比較近，連忙往一旁跳開。喬亞失笑地看著溫妮雅，她氣得臉也青了。

——竟然被他看輕，這傢伙，我一定會教訓他的。

喬亞右手握著劍柄，左手把小松鼠從腰包拿出來：「小朗的反應不尋常，屍身可能有異。」

小朗低聲怪叫，自喬亞的手上躍起，撲到阿芙拉的右臂，並迅速攀到她的肩上。牠的毛髮豎得很直，眼神既恐懼又充滿怯意。

阿芙拉與喬亞對望一眼，深深吸了口氣，雙手合十，準備隨時召喚水之精靈。

溫妮雅見到二人一松鼠的反應，也收起了輕視之心，兩手放在雙劍的劍柄之上。不過她沒有看著三人，而是回身盯著四周。如果她是敵人的話，絕對會選擇這個時候攻擊他們。

他們的專注力都落在屍體上，對外來襲擊的反應必定會慢一點。

「你們都太緊張了，『大賢者』的徒弟，『第三刃』、『幻劍師』、『精靈使』，誰敢傷害我們呢？」克遜口中雖然如此說，卻從懷中拿出金蠶手套，戴上後才翻轉屍身。

溫妮雅心生佩服，他的一舉手一投足，在不拘小節之間，也注意到有可能的變卦，不愧是「大賢者」的首徒。

——王者果然是王者。

她想著的同時，克遜已轉動屍體。屍體朝天，頓時露出中年男性的模樣。他的面目尚算清晰，但左面的半張臉透出不尋常的紫色血塊，還腫脹起來。克遜自恃戴著金蠶手套，絲毫不畏懼屍身的異樣，進一步用手擠壓屍體的四肢。

「從屍身的軟硬度來看，他應該死去不夠一天。」克遜仔細地觀察著紫色血塊，「看來是中毒居多。」

「不過，屍體已經浸在水裡一段時間，變異的速度頗難估計。」喬亞又說，「如果有醫士在這裡，該可以準確判斷出死亡時間。」

克遜頷首，站了起來，說：「這究竟是什麼毒呢？」

溫妮雅輕咳了一聲，說：「我們是否不應該多管閒事呢？」

克遜愕然地看著她，說：「為何你如此說？只要是國土上發生的事，我們就該管。」

溫妮雅卻說：「我們把這件事告訴前頭村莊的人，由他們向城主報告，巡查隊應該很快能查出真凶。」

喬亞也說：「王都的事要緊，你們三人該盡快趕回去。這裡的事，就讓我來處理。」

克遜瞪視著喬亞，不悅地說：「你們是看輕我嗎？」

「師兄，是你看輕我吧，這種小事我一個人應付得來。小朗，你說是不是呢？」喬亞伸手自阿芙拉肩上接回小朗。

小朗的神情已沒有先前的震驚，乖巧地走回腰包內，不過仍不時探出頭來看個究竟。

克遜堅定地說：「如果是小事，我們應該半天就能辦妥了。」

溫妮雅眉頭緊皺，暗想這個二王子怎麼如此不分輕重，一條普通的屍體，怎及得上王位重要呢？他不想回去見國王最後一面嗎？

阿芙拉沒有理會他們，伸手搶過喬亞手上的黑龍劍，迅速地挑開了屍體的左上臂衣裳，登時露出一道深可見骨的爪痕。她的動作很溫柔，一點都不像要劍，而是像織士繡花一樣，十分纖巧，十分輕柔。

喬亞看得出神，直至克遜站起來才驚覺自己的失儀，連忙說：「你果然看得很仔細。」

爪痕自屍體的左胸一直向下劃，約有十寸之長，若非他的衣衫本來就殘破不堪，該很容易就被人發現。當下看來死者該是中爪和中毒後，全速逃亡，可能發冷的緣故，把衣衫拉得很緊。

「這是女性的直覺？」克遜又說，「從爪痕來看，該是猛獸所為。但何種猛獸既有如此殺傷力，又會放毒呢？《古賢書》曾經說過，國土上的生物都各有所長，擅用毒者就不擅用力，擅用力者就不擅用毒……這是生物的天性。」

喬亞皺起眉頭，說：「用毒用刑具去傷害同類。除了人類，誰會做呢？」

克遜說：「處之極刑，看來他該大有來頭……」

「讓我看一看他。」溫妮雅說完，不理會三人的反應，走近屍身，低頭看著屍體的面容，良久也沒有說話。屍體本身頗臭，但她全然不介意，看來不是一般的豪門大小姐。

克遜三人都不明白溫妮雅要幹什麼，只好等待她下一步的行動。她閉上雙目，眼珠卻不住滾動，弄得眼皮不住起垂，極端的怪異。

——難道她會「通靈之術」？

喬亞與阿芙拉對望一眼，都無法猜透她到底在玩什麼把戲。如果是「精靈法則」，阿芙拉一定也知道，不過她卻只是微微搖頭。

突然，溫妮雅睜開雙眼，虛脫地往後跌，剛好跌向喬亞。

喬亞提起右手，以前臂頂著溫妮雅，不讓她跌倒。

溫妮雅喊了一聲痛，立時清醒過來，說：「我剛剛已經將他的容貌跟王國所有通緝畫像比對過，沒有一個通緝犯跟他相像。另外，我也檢視曾經見過的所有人，亦沒有發現。」

阿芙拉終於明白比尤姬為什麼要她跟著他們，只要是她看過的人，她就一定能認出，大王子的人根本很難接近他們。

喬亞卻有另一種想法：如果他們中途變卦要離開，她的過目不忘之術，也可以在人群之中發現他們。

喬亞說：「原來是個普通人，就讓我的……我大顯身手。你們先行一步，兩天後我一定追上你們。」

克遜看了看喬亞一眼，才說：「別急，先葬了他。」

「你已經記下了他的面容？」阿芙拉問。

溫妮雅點點頭。阿芙拉又說：「那麼你們兩個也別爭論了，到了城堡或村莊後，找人畫下他的畫像，再派人搜查沿岸村莊。如果只是死去一天，他是附近的居民的成數頗大。」

溫妮雅聽著，暗暗生起佩服之心，冷笑道：「果然跟某些衝動的傢伙不相像。」轉身走回石堆。

喬亞知道她在罵自己，心裡悻悻然。阿芙拉把黑龍劍交回喬亞的手上，笑著說：「你不但不接住她，還用手肘弄痛人家，被她揶揄一句已算幸運。我和她去牽馬過來，你們快點處理好屍體。」

「防人之心不可無。」喬亞接回佩劍，對克遜說，「借我金蠶手套，屍體由我處理。」

喬亞扭動手腕，黑龍劍內的聖獸再次顯現，這次是一頭犀牛。牠狠狠在草堆上踏了兩下，地上頓時露出一個淺坑。喬亞把屍體投了進去，翻動黑龍劍，挑了挑泥土，把屍身蓋著。

克遜從河邊推來一塊大石，壓在泥土之上，以作標記。

喬亞擦擦鼻子，說：「會否是他們所為呢？」

「誰？」

「就是那傢伙的哥哥。他們不是說走在我們的前頭，清除敵人嗎？」

「如果是他們的話，溫妮雅沒有可能看不出是他們落手的。」

「如果她在說謊呢？」

「她隱瞞的理由是什麼呢？」克遜問。

喬亞搔搔頭，說：「這就是我想不通的地方。」

克遜說：「想不通就證明你想錯了方向，阿芙拉如此玲瓏剔透，也主動跟她做朋友，證明她沒有可疑。」

——或許她不可疑，但那三個傢伙呢？

喬亞總覺得有些事情他們忽略了，但偏偏想不到是什麼。

「她們過來了，不要想了。」克遜說完，迎上牽著馬匹走過來的阿芙拉和溫妮雅。

喬亞躍上馬背，輕輕推了一下，馬兒登時緩步前去。

——不要傷害我！

喬亞彷彿聽到有人在背後叫喊，連忙回頭，可是除了河水、亂石、蘆葦和樹林，就再沒有其他東西。

「你還不跑快點？老規矩，誰最慢進村莊，誰就負責守夜。」克遜說罷，揮動長鞭，胯下駒登時遠遠領放。

第二章　鬼武者

被咬的村民紛紛倒地，可是過了不久，他們再次站起來，並張口往其他村民的頸項咬去。

就是這樣子，整條美湖村瞬間變成了人間地獄。

喬亞四人騎著馬，沿著阿髮河一直東進，約莫到了黃昏時分，映入他們眼簾的是個無法看見對岸的淡水湖，湖邊有條小村。金黃色的陽光打落在差不多靜止的湖水上，泛起鱗片狀的碎光，一片寧靜閒逸。渡頭沒有停泊渡湖船，看來船都被撐到其他地方去。

很靜，很靜，眼前的景象就像一張風景畫，美麗得不大真實。

溫妮雅說：「看來我們要在這裡暫住一夜，明早才能渡湖。」

「如果不渡湖呢？」喬亞問。

「那麼就要沿著湖邊策騎，中途遇到意外的機會可能會增加。」溫妮雅答。

喬亞暗想縱有意外，也是你們設下的吧！溫妮雅當然知道他的想法，卻刻意不去看他。

克遜問：「這裡是心湖嗎？」

溫妮雅點頭說：「沒錯，就是五大湖之一。」

克遜笑著說：「我們一直在南方活動，還是首次來到這裡。阿芙拉，能用『精靈法則』送我們到對岸嗎？」

阿芙拉卻沒有說話，她的眼波只瞟了渡頭一眼，就一直緊緊盯著旁邊的小村。

「什麼事？」喬亞問。

阿芙拉看了溫妮雅一眼，問：「你之前有否來過這條村呢？」

「當然有……這是美湖村。」溫妮雅立時發現不妥當的地方，訝異地說，「這應該是做飯的時候，怎麼連一縷炊煙也沒有呢？」

阿芙拉又說：「而且村裡很靜，靜得像沒有人在這裡生活一樣。」

克遜問：「你多久前來過？」

「大概個半月前，這裡的小孩子很討人喜歡。我去看看。」溫妮雅急了起來，正要跑進村內看個究竟，一隻手卻按著她的肩膀。

她回頭，看見一張鐵青色的臉。

「你為什麼阻止我？」溫妮雅冷冷地說。

克遜也看著出手的人，說：「喬亞。」

喬亞沉聲說：「我不相信你，你不要離開我們的視線。」錚的一聲，拔出黑龍劍。漆黑的劍身在斜陽之下，閃閃生輝，比普通鋼劍更為搶眼。

「你這個混蛋。」溫妮雅氣得雙手按著劍柄。

喬亞卻不理會她，踏前幾步，左手結印，一頭黑鷹立時自劍身飛了出來，飛入村莊之內。

阿芙拉失笑說道：「這個小弟雖然說話不留情面，卻比任何人都知道分寸。」

溫妮雅放鬆雙肩，一對玉掌移離劍柄。她暗想自己剛才亦真是大意，如果村莊裡有埋伏的話，她這樣毫無防備走進去，說不定會跌入敵人的陷阱。

——哥哥不是說在前頭打點一切嗎？他們去了哪兒呢？難道是大王子的信徒所為嗎？那些小孩子……

溫妮雅想著，那頭黑鷹已飛了回來，再次隱沒在黑龍劍之內。

「這條村『似乎』沒有人居住。」喬亞說。

「不大可能，我們離開只不過個多月。」溫妮雅說，「難道發生了瘟疫嗎？」

克遜看著渡頭，說：「他們應該乘船離開了。」

阿芙拉說：「你們太不了解小弟，他剛才不是說『似乎』嗎？」

喬亞點頭微笑：「黑鷹雖然看不到人，卻感覺到人的氣息，他們應該都躲在屋內。」

溫妮雅早在國師及哥哥口中，聽過「幻劍術」的奇妙，但想不到這種劍術還可以用作偵測，更能與劍客達到心意相通之地步。

克遜問：「是河盜，還是山賊呢？」

喬亞當先走進村莊，說：「去看看就知道了。」

溫妮雅越過了他，大叫：「有人在嗎？」她連續敲打幾間房子的大門，可是內裡卻沒有任何反應。

——黑鷹真的感覺到人的氣息嗎？

「這太慢了。」喬亞右腳一伸，踢開了其中一間房子的木門。房子內沒有人，只有東歪西倒的家具和幾隻破爛的碗碟。

阿芙拉走了進去，掃視了一遍，說：「有用的東西都被拿走了，相信居民匿藏在其他地方。」

溫妮雅走到廣場上，沿著旗杆攀上屋頂，環視著整條村莊。

克遜走了過來，問：「這裡有秘道嗎？」

溫妮雅低頭看著二王子，搖頭說道：「我不知道。」
突然，她看見喬亞在一所房子的前面招招手。
溫妮雅立時躍至地上，與克遜走了過去。喬亞雙手環胸，注視著房子前的儲水箱。
這儲水箱不算太大，如果有人躲在裡頭，那人該是一名小孩子。
克遜正要走近儲水箱，喬亞卻提醒：「小心點。」
「讓我來。」溫妮雅提氣說，「我是王都『四天王』的溫妮雅，前陣子才來過這條村。我們沒有惡意，你出來吧！」
克遜、喬亞這才知道他們四人竟有「四天王」的外號。
儲水箱內沒有任何反應，克遜提起大日寶刀，向著儲水箱指去。
「別傷害她。」一把童稚的聲音自他們背後響起。
喬亞回頭，看見一名六七歲的小孩子拿著菜刀向他們走過來。
他既驚訝，又害怕，緊握著刀柄的雙手不住顫抖。
「是小愚嗎？」溫妮雅說，「是我，溫妮雅姐姐，前陣子還送你們糖果的。」
小愚無意識地看了溫妮雅一眼，又再看回克遜和儲水箱。他的眼神離散，完全沒法集中起來。

喬亞與克遜對望一眼，都看出對方的心思：他是受驚過度，看來這裡發生過難以想像的巨變。

這個時候就該當機立斷！

喬亞迅速走了幾步，左手一翻，打跌了小愚手上的刀。

同時，背後刀光閃動，儲水箱一分為二，露出藏在裡頭的一名約莫四、五歲的小女孩。

「小珍嗎？」溫妮雅走了過去。

「不要傷害妹妹。」小愚大叫，撲向溫妮雅。

「鎮定點。」克遜右手一伸，迅速提著小愚的衣領，把他揪離地上。

小愚大驚，不斷掙扎，想揮拳踢腳攻向克遜，可是克遜手臂很長，任他如何努力，都無法碰到克遜。小愚一直掙扎，直至看見溫妮雅抱起小珍，小珍乖巧地躺在她的懷中，才不再反抗。

溫妮雅掃著小珍的背心，像抱著嬰兒般，溫柔地說：「不要怕。」

「你快點救爸爸媽媽。」小珍伏在溫妮雅的肩上一直在哭。

小愚的眼神有點生機，認出了溫妮雅，高興地說：「姐姐，你回來了真好。」

克遜把小愚放在地上，問：「小朋友，到底發生什麼事？」

「你們這麼厲害，真的不是鬼武者的手下？」小愚瞪著克遜和喬亞。

「告訴我，鬼武者是什麼人？」溫妮雅問。

小愚搖首道：「我真的不清楚，你們可以問問村長。」

「他在哪裡？」喬亞問。

「跟我來！」小愚領著他們跑往廣場。廣場開闊，沒有藏身的地方，村長真的在這裡嗎？

小愚跑上鐘樓，拿著槌子敲打大鐘，可惜他力量不大，敲出的聲音並不響亮。

「讓我來。」克遜接過槌子。

小愚說：「要敲四下，村長才會出現。」

克遜點頭，敲響大鐘。

一會兒後，果然看見一名老者帶著一群小孩子走了出來。

溫妮雅看著，心裡痛極，小孩子手上不是拿著鐵鏟子、鐵耙子，就像小愚般拿著菜刀，露出與他們決一死戰的神情。他們的個子不高，根本拿不穩各種武器、工具，形相甚是滑稽，但溫妮雅完全笑不出來。

——是什麼令他們變成這樣子呢？

「放開這兩名小孩子。」一名拿著枴杖的老頭沉聲說。

「尼奧村長，你不記得我嗎？」溫妮雅說。

尼奧村長的目光火速掠過溫妮雅的臉，震驚地說：「原來是溫妮雅大人，你們回來了真好。我們美湖村有救了。艾瑟大爺和夏格大爺呢？這幾位是誰？」

「哥哥和師兄在附近巡察，他們是我的同伴，都是王都的好手。」溫妮雅一面掃著小珍的背心，一面說道。

「如果艾瑟大爺回來就好了，那鬼武者實在太厲害。」尼奧村長說。

「鬼武者是什麼人？」喬亞問。

「我們也不知道，我只知道有一天小愚父母收留了一個滿身傷痕的武者。我們美湖村村民一向以助人為快樂之本，接濟旅人、遊吟詩人、受傷的士兵是經常發生的事。起初大家都見怪不怪。可是突然有一晚，我聽到一陣打鬥聲。跑到廣場，就看見那武者站在屋頂……」村長説著，眼波落在一個屋頂之上。

眾人看著那屋頂，腦海不期然浮現當天的情景。

尼奧村長跑到廣場，看見一個人佇立在巨大的月亮下，不住吼叫，定睛一看，發現是這幾天住在小愚家的武者。

武者雙手朝天，似在呼喚什麼。突然村長發現四周有點異樣，小愚的父母竟然拿著武器攻擊其他村民。不，細心一看，他們沒有拿著武器，而是張口見人就咬。他們兩人滿口鮮血，兩隻尖削的獠牙非常駭人。

被咬的村民紛紛倒地，可是過了不久，他們再次站起來，並張口往其他村民的頸項咬去。就是這樣子，整條美湖村瞬間變成了人間地獄。

有村民嘗試拿武器阻止他們，不過被咬的村民力量變得異常強大，一發力就把武器一分為二。

無奈下，村長只好帶著小孩子匿藏起來。

到了天亮，鬼武者不見了，被咬的村民也不見了。

村莊一片寧靜，看似跟平日一樣，但除了村長以外的幾名老頭、二三十名小孩子外，成年人都不見了。他們都不知道去了哪兒，只有滿地的血跡斑斑。

「你們不向附近的城堡求助？」溫妮雅問。

「已經派人去了，但無論陸路、水路，都沒有消息。」村長答，「我曾經去過鄰村，但發現情況都一樣，只好回到這裡。縱使這裡破壞不堪，但這裡始終是我們的家。」

「爸爸媽媽說不定會回來。」小愚忍不住哭了起來。

小珍和其他小孩子也跟著哭泣。

「放心吧，姐姐回來了，就不會讓任何人傷害你們。」溫妮雅拍拍小珍的背心。

「村長，你知道鬼武者和其他人去了哪兒嗎？」克遜問。

「我不知道。」尼奧村長雙目無神，顯然仍然不能從當天的慘劇抽身回來。

「讓我查一查。」喬亞朝天舉起黑龍劍，也不見他說出任何口訣、結出任何手印，無數的小黑點就從劍身湧了出來，竟然是不同的小昆蟲。牠們擺動翅膀，往四周飛去。

溫妮雅臉色微變，她一直以為喬亞的黑龍劍只藏著幾頭聖獸，看來當中尚有很多不為人知的秘密。

喬亞把劍收回鞘中，臉色卻有點兒蒼白。

克遜詐作看不見，問：「鬼武者之後有來過嗎？」

村長搖首說：「我們都躲了起來，什麼都不知道。」

「不過，夜裡卻經常聽到有人翻東西的聲音，這是以前沒有的。」小愚插口說。

克遜問：「村長，我們今晚會在這裡過夜，請你安排一下。不要緊張，我們幾個都是『大賢者』的徒弟。鬼武者回來更好，免卻我們尋找他。」

村長疑惑地看著克遜，顯然不大相信克遜的話。

溫妮雅說：「我的哥哥辦完事後會趕過來匯合，說不定他已經發現這裡的情況，正在召集討伐隊。」

村長聽著，拍了拍身邊小孩子的頭：「那就好了，你們的父母很快就可以回來。」

喬亞看著小孩子由悲化喜的表情，頓時覺得心頭一痛，忍不住按著心坎，想起了一件很久很久的事，一件他還未被「大賢者」收養的事。

第三章　死後世界

我曾經聽說過，人死後會到另一個世界。

難道這裡就是另一個世界嗎？

溫妮雅步進禮堂，卻不見阿芙拉的蹤影，即問：「她呢？」

克遜答：「她應該在村裡看看有沒有別的發現。」

溫妮雅瞟了喬亞一眼，問：「他的聖獸不可以嗎？」

喬亞冷然說：「師姐觀察入微，會看見我們忽略的。」

溫妮雅臉色一沉，自己只不過用雙劍困著他的三頭巨鷹，他竟然一直記恨，語氣從沒有好過，實在太可惡。她鼓起兩腮，坐在一旁。

喬亞也不理會她，拾起一張椅子，背著溫妮雅而坐。

她越看越生氣，真想拿出雙劍刺向他。

克遜看在眼裡，只能聳聳肩，靜靜地看著他們。

不久，阿芙拉走了進來，煞有介事向三人說：「沒有什麼發現。」

溫妮雅好奇地看著她，暗想沒有發現，就不應該說出來，但這麼隆重其事，必有原因吧！

「在村子裡，沒有發現任何爪痕，與我們今早發現的屍體有關連的機會不大。」阿芙拉說。

溫妮雅恍然，同時暗暗佩服她竟然留意到這麼細微的事情。

「大賢者」的徒弟果然不是普通人。

「你和村民是舊相識。你怎樣判斷他們的行為呢？」喬亞突然問。

「他們確實很熱情，當日我們四人來到的時候，小愚的爸爸媽媽和其他村民也接待過我們。因此小愚爸爸媽媽的行為沒有什麼奇怪的地方。」溫妮雅說。

喬亞沉聲問：「那位村長呢？」

溫妮雅露出好奇的神色，不明白喬亞所指。

喬亞只好說白一點：「這裡只有他一個大人。如果他才是幕後黑手，小孩子未必能分辨到。」

溫妮雅睜大雙眼：「捉賊拿贓，證據何在呢？」

「就是沒有，才要通過你的觀察。你不是過目不忘嗎？這條村有什麼變化你不是最清楚嗎？你不要故意隱瞞，這對大家也沒有好處。」喬亞說得越來越不客氣。

不過，阿芙拉卻沒有阻止他，只是站在一旁看著他倆鬥嘴。

「你真是小人。」溫妮雅說完後，立即奔出了禮堂。

阿芙拉冷笑：「小弟，你太不近人情了。」

「是嗎？」喬亞低頭掩臉，渾身乏力的模樣。

「你剛才發動了多少隻聖獸？」阿芙拉急問。

「二百隻左右。」喬亞答。

「你不要命嗎？師父說過你不能操控二百隻以上的聖獸，別逞強。」阿芙拉說。

「擾敵是必須的。」喬亞咬牙說。

「這已經夠了，她已經走遠，你不用再擾敵了，她不會知道聖獸的真相。」阿芙拉說。

「還不可以。」喬亞瞇起左眼，「你們的小弟不會如此意氣用事。」

「你察覺到其他奇怪的地方？」克遜問。

喬亞滿有深意地看著二人，正想說話的時候，溫妮雅的聲音從門外傳來：「你說得沒錯，我果然忽略了一件很重要的事……他發生什麼事呢？他……」

她看著痛得扭曲了身體的喬亞，沒有再說下去。喬亞沒有理會她，她只好看著克遜和阿芙拉。

克遜聳聳肩，不住搖頭苦笑；阿芙拉則撥了撥她的金髮，沒有說話。

「我吃錯東西，肚子痛，我外出一會兒。」喬亞勉強站了起來，往大門走去。

「他沒事嗎？」溫妮雅見他按著前額，半點也不像肚子痛。

「不用擔心他，是他太過勉強了！」克遜接著問，「你發現了什麼？」

「……」

喬亞聽到溫妮雅的聲音在禮堂內響起，想聽下去，可惜精神實在支持不住。師父的提點確實沒有錯，以他的能耐，要操控二百隻聖獸，真的不勝負荷。

他拔出黑龍劍，緩緩呼了口氣，無數的小昆蟲立時從四方八面回來了，黏附在劍身之上。他的臉色也立時紅潤起來，不過眼神卻變得異常複雜。他按著前額，良久才恢復。

「哥哥，你很厲害。你是怎樣操控牠們呢？可以教我嗎？」

喬亞低頭一看，正正是小愚，他手上捧著幾個野果，顯然是給他們的食物。喬亞拿了其中一個，爽快地咬了一口，說：「你還是小孩子，暫時學不來。」

小愚坐在喬亞的身旁：「真可惜。如果我學懂的話，就能救到爸爸媽媽了。」

「這些事留給大人處理吧！」喬亞拍了拍小愚的頭。

小愚卻是一臉沮喪，沒有小孩子該有的天真。

喬亞吞了口氣，想起了自己的童年，說：「我給你一個任務。」

「什麼任務？」

喬亞打開了腰包，小朗立即走了出來，跑到喬亞的手背上。牠擺擺頭，看著小愚，似要看清楚眼前的小孩子。

「很可愛。」

「我去救你爸爸媽媽的時候，你替我照顧小朗。可以嗎？」

「當然可以，爸爸媽媽也叫我照顧妹妹。」小愚雀躍地接過小朗，「原來你叫小朗，我叫小愚。我可以帶牠去見妹妹嗎？」

「當然可以，小朗，你要乖一點。」喬亞說。

小朗扭動身軀，似懂非懂地看著喬亞。

「小弟，休息夠了，我們要動身。」克遜的聲音自背後響起。

「我還沒有找到鬼武者的下落。」

「有些事更為重要。」

***

夜，無月也無風。湖水漆黑如墨，不細心看的話根本不察覺這個心湖在流動。

喬亞記得師父曾經叫過他們對著河水閉目沉思半天，然後問他們看到什麼。

克遜答：「閉上了眼，什麼都看不到。或許有些光，但都不能成形。」

阿芙拉答：「我看到的是時間，水在我不自覺間走遠了，然後又有新的來了。」

「有形與無形，答得都不錯。小弟，你呢？」師父問。

「我什麼也看不到，我只聽到流水聲、風聲，還有很多遠處的聲音。」

「你很留心。」師父說。

「你喜歡哪一個答案呢？」喬亞說。

「我喜歡哪一個，你下次是否就向著這個方向回答呢？如果不是，你知道我喜歡哪一個又如何呢？」師父說。

「我總說不過你。」喬亞說。

阿芙拉說：「師父是『大賢者』，天下間最有智慧的人。」

「喬亞，你來了也有半年吧。克遜、阿芙拉，你們兩個先教教他武術和跟精靈溝通的方法，看看他擅長哪一種術式。」

「小弟，我的訓練很嚴格。」克遜拍了拍喬亞的背心。

喬亞說：「師兄，你也別躲懶，我很快追過你。」

克遜聳聳肩：「就看你的能耐。」

一切就像昨天發生一樣，不同的是師父已經仙遊了。

想起來，喬亞禁不住拭拭眼眶內的眼淚。

「小弟，看你了。」克遜說。

喬亞高舉黑龍劍，劍身登時飛出了四頭飛鳥，獵鷹、金鵰、大雁和雨燕，牠們在天空繞了一圈，就向著四個不同的方向飛去。

「這方法真的可行嗎？」溫妮雅問。

「聖獸都與小弟心意相通，一定可以發現不妥之處。」克遜說。

阿芙拉雙手合十，口中唸唸有詞，似要施展「精靈法則」。可是跟前幾天在死胡同對付「四天王」不一樣，過了良久，心湖的湖水依然沒有動靜。阿芙拉算是王國一流的「精靈使」，只需要一瞬間，就能與附近的精靈結盟，當下的情況實在太古怪了。

克遜知道她的能耐，眉頭皺得極緊。

溫妮雅也合十雙手，嘗試跟水之精靈溝通，可是她唸了很久，依然沒有任何精靈跟她聯繫起來。

「這根本是死水。」阿芙拉皺眉說，「不要說這個湖，連地底的水之精靈也沒有反應。」

克遜說道：「這個地方真邪門。」

溫妮雅也鬆開手印，頷首說：「確實如此，多得你們提點。我四周看了一遍，發現村長雖然說過這裡曾發生過打鬥，但我完全看不到任何痕跡。而且他說村裡只剩下幾名老人，他們都出外求救，可是渡頭卻連一艘小舟都沒有，我記得上次來的時候，這兒至少停泊了十數艘小舟。幾名老人，怎可能用得上十數艘小舟呢？現在一艘也看不見，實在太奇怪了。」

克遜推測：「會否是被咬的村民划走呢？」

溫妮雅搖首說：「按村長的說法，他們應該失去了理智，不能做出這麼仔細的動作。而且……哥哥曾說會在前頭打點，在頭三天我還看到哥哥留下的記號，可是今天入了美湖村，我卻完全沒有發現他們留下來的記號……抱歉，我一直瞞著你們，其實我們去哪兒，都是哥哥提示我的。他昨天確實叫我到美湖村去，可是……」

阿芙拉知道她擔心艾瑟他們，搶著說：「這裡彷彿是另一個世界。我雖然不大擅長其他『精靈法則』，但我亦召喚不到風、土、火的精靈。」

「另一個世界？」溫妮雅說，「但我們與村民、小愚和小珍的接觸卻是實實在在的。」

「我也不知道這是什麼情況。」阿芙拉說。

「我們被困了。」

喬亞才說完，幾道黑影迅速飛回黑龍劍之內。

溫妮雅看得清清楚楚，那幾道黑影不是飛鳥的形態，而是像被擊潰之後化成的輕煙。

——牠們受到什麼襲擊呢？是那個鬼武者嗎？

「牠們碰到一些東西，撞散了，就飛了回來。」喬亞解釋說。

「是高山、房子，還是什麼呢？」阿芙拉急問。

「什麼都沒有，就像撞到一堵看不見的牆。」喬亞說。

「看不見的牆？」溫妮雅訝異地說。

「這比喻不大好的，就像撞到一杯水，透明的水……」喬亞有點喘氣。

克遜按著他的肩膀，說：「你今天放出了太多聖獸，休息一陣子吧！」

「我曾經聽說過，人死後會到另一個世界。」溫妮雅皺眉說，「難道這裡就是另一個世界嗎？」

「我們為什麼已死了呢？」克遜問。

溫妮雅回想這幾天發生的事，就只有一件事可以令他們死去而不自覺，說：「那具屍體……」

克遜問：「有什麼不妥？」

「可能我們都中毒了。」溫妮雅說。

「中毒而死？你們的看法是？」克遜問。

「我不相信我們已經死去。如果只是一個人的話，或許有這種可能性。但我們這裡有四個人，我們誰都沒有這種感覺吧？」阿芙拉說。

「那具屍體麼？」喬亞呼了口氣，稍為精神了一點兒，「並不在這個世界裡。」

「如果這不是死後的世界，會是什麼地方呢？」溫妮雅問。

「凡事有果，必有因。」阿芙拉說，「這個世界之所以存在，是因為被需要。」

「需要？」克遜托著下顎。

「是因為避開鬼武者，這該是最合理的解釋吧！」阿芙拉堅定地說。

——有盡頭、與外界斷絕往來、沒有精靈、避開鬼武者的世界！

「在這裡胡思亂想也沒有用，我們去找關鍵人物談談。」克遜擺擺身上的披肩，轉身往廣場走去。

鐘聲再次響起，尼奧村長和一班小孩子又再回到廣場上。雖然已經是晚上，但小孩子的臉上卻沒有半點疲累，當然也沒有了黃昏的震驚和憤恨，換來的竟然是一陣歡愉。

他們圍著小朗，顯得相當興奮，久未出現的笑容令村長也老懷安慰，面容放鬆了下來。

「你們已經找到鬼武者嗎？」尼奧村長問。

「尚未有消息，我們是來看看有沒有有用的資料，譬如他有什麼特徵，有哪個小孩子知道就跟著我們。」喬亞搖搖手，與溫妮雅帶著一群小孩子離開。

霎時間，廣場上就剩下克遜、阿芙拉與村長三人。

村長隱隱覺得有點兒不對勁，轉身離開之際，克遜的刀已經架在他的頸側。雖然刀沒有出鞘，但尋常老百姓哪會不驚懼呢？

村長立時嚇得面如死灰，但又不敢回頭看克遜，只好說：「英雄饒命。」

「為什麼要饒命呢？」克遜向阿芙拉使了個眼色，示意他們可能摸到門路。

「你隱瞞了什麼？」阿芙拉問。

「我……」村長欲言又止。

「大師兄，反正我們也不能離開這裡了，不如殺了他，我們接管這條村吧！」阿芙拉說。

村長嚇得跪在地上，不斷說：「不要，我真的什麼都不知道。」

「夜長夢多，你的大日寶刀很久沒有嗜血了，殺了他，不讓其他人看到，可以算在鬼武者身上。」阿芙拉說。

「我說了……我真的什麼都不知道，我只是接到鬼武者的命令要照顧這群小孩子。我還不想死。」村長說出一個很驚人的消息。

村長口中的吸血狂徒、小孩子眼中的大惡魔竟然拜託他照顧小孩子，當中的隱情看來不是一時三刻能夠說得完。

「這裡是什麼地方？」阿芙拉不再繞圈子。

「這裡不是美湖村嗎？」村長一臉茫然，不像在說謊。

「其他村民呢？你說的那幾位老人家呢？」阿芙拉問。

「其實一直只有我這個老傢伙，那幾位老人家只是我說出來騙你們和小孩子的，他們只有幾歲，我說什麼他們都相信。」村長說。

「鬼武者在哪兒？」克遜問。

「我也不知道，那天我睡到凌晨時分，聽到陣陣怪聲，起來的時候，就看見鬼武者。」村長答道。

「他說了什麼？」克遜又問。

「他叮囑我照顧小孩子，不要讓人找到他們。」村長續說，「我知道的都告訴你們了。我一個老頭，為了照顧那些小孩子，就只有這個方法。我真的沒有傷害過任何人。」

克遜與阿芙拉對望一眼，都看出對方眼神中的訝異。

尼奧村長的話並沒有讓事件變得更清楚，反而帶出了更多謎團。

——鬼武者、不知名的地方、透明的牆……

——當中的關鍵到底是什麼呢？

克遜看見阿芙拉陷入沉思之中，也就放棄去思考答案了。他們三人雖然都是「大賢者」的徒弟，不過只有她繼承了師父的智慧，任何難題經她細想，都一定能找到答案。

第四章　八大惡

遠古的惡魔，
就由遠古的黑龍去對抗。
你們在這裡保護小孩子，
我去找吸血魔。

喬亞與溫妮雅帶著十多名小孩子，走進了禮堂。

明眼人都知道他們不是有事情想問小孩子，而是要引他們遠離村長，好讓克遜、阿芙拉審問他。

「哥哥，你們真的可以打倒鬼武者，救回爸爸媽媽嗎？」一名小孩子突然問。

「他當然可以，你沒有看見過哥哥劍內的聖獸嗎？鬼武者絕對不是他的對手。」小愚說。

「我當然見過，不過那鬼武者可以控制爸爸媽媽，又能飛來飛去。」那小孩子又說。

「飛來飛去？」喬亞問。

「沒錯，我親眼看見他從禮堂的屋頂，飛至小導的家。小導，你有沒有看見呢？」那小孩子答。

「我沒有看到。」小導是個六、七歲的小胖子。

「你的家在哪兒？」喬亞帶著小導走了出去，小愚、小珍和幾名比較活潑的孩子也跟在他們身後。溫妮雅看在眼裡，不相信喬亞這麼不體貼的人，竟然如此受小孩子歡迎。

一名小女孩拉著溫妮雅的衣角，說：「姐姐，你說爸爸媽媽去了哪兒呢？」

溫妮雅蹲身抱了抱小女孩，心痛極了，為什麼鬼武者如此殘忍，要令這些小孩子與父母分開呢？這裡究竟是什麼鬼地方？

小導指了指廣場的另一面，說：「我的家就在那兒。」

喬亞心感訝異，小導的家離禮堂至少有三十丈的距離，普通人根本不大可能從禮堂跳到小導的家。

——難道是「風之精靈法則」？

「哥哥，你會飛嗎？」小導問。

「我不會。」喬亞答。

小導他們的臉上頓時露出失望的表情，喬亞只好說：「不過我卻可以指揮聖獸在半空截擊他。來，告訴我多點關於鬼武者的事。」

小朋友聽得有趣，竟然鼓掌叫好，眼神裡充滿期待。

反而喬亞心生歉意，他們不但找不到鬼武者，而且連這裡是什麼地方都還沒有弄清楚。

「我記得他初來的時候不斷發高燒，媽媽要不斷替他換毛巾。」

「小愚媽媽每天都要去漁場買很多很多的魚。」

「是的，我們的家是靠養魚為生，每天都捉很多很多魚回來，賣到附近的村莊。有一天，爸爸向媽媽發牢騷，說小愚家的客人把魚全都吃掉，他拿回來的魚都不足夠。」

「受傷的人當然要吃多點東西補充體力。」

「不是這樣子的，我見過他整條魚，沒有煮過就吃。」

「我也看過，他咬了小夕家的狗，很恐怖⋯⋯」

小孩子你一言，他一句，喬亞卻不知道多少是真，多少是假，但一直聽著，就覺得很熱鬧。

「你們不要說了。」

「小珍，你沒事吧？」

小珍兩手按著耳朵，不住叫：「我不要聽，我不要聽。」

小愚立即說：「不要害怕，哥哥在這裡。」

一名比較年長的女孩立即抱著她，小愚也逗著妹妹，把小朗托在手中，說：「你看看小朗多活潑。」

「我……」

小珍沒有說下去，小導突然按著嘴巴，指著禮堂的屋頂。

喬亞從小導恐懼的眼神中，已經猜到是什麼一回事，回頭一看，果然看見一身披斗蓬的黑衣人佇立在屋頂。斗蓬隨風擺動，在黑夜裡就像幾隻手不住往四周摸索。

由於距離太遠，而且四周又太暗，喬亞看不清楚他的面目。

「是鬼武者，大家快點逃走……」小愚指著那黑衣人說。

小孩子頓時四散，喬亞卻站在原地，沒有反應。

溫妮雅聽到呼叫聲，與其他小孩子走了出來，急問：「發生什麼事呢？」

她順著喬亞的目光，也發現了鬼武者的身影。她也看不清楚他的外貌，只覺他居高臨下，一副胸有成竹的姿態。他們就像甕中鱉，只要鬼武者喜歡，他就可以隨時摧毀他們。

溫妮雅以為喬亞會第一時間拔出黑龍劍，可是他卻沒有任何動作，只是仰視著鬼武者。她聽過不少高手比武的事跡，當中不乏這種情況，兩個高手遠遠對望，都不敢出手，他們都知道誰最先出手，誰就會露出破綻，誰就最先遭殃。

她感到氣氛有點繃緊，本想幫助喬亞，可是她的身邊都是亂奔的小孩子，只好說：「大家跟我走！」

她掠過喬亞的身旁，還是首次對他如此信任，說：「這裡交給你。」

喬亞沒有說話，也沒有看她，他一直保持沉默，彷彿身處另一個時空中，跟這個世界裡發生的一切都無關一樣。

——難道他回到了本來的世界嗎？

溫妮雅雖然感到很訝異，但當下不容她細想，她不斷走，不斷回頭看著喬亞。

——他發生了什麼事？鬼武者真的如此可怕嗎？

「不要傷害我們！」

是小珍的聲音。溫妮雅只好把她抱起來，小珍一面呼喊，一面伏在溫妮雅的肩上。

溫妮雅感到她的身子顫抖得十分厲害，心生憐憫，暗想當日發生的事一定在她心裡留下很大的烙印。

——為什麼要這些小孩子活著受罪呢？我一定不會放過你的。

突然她感到有點兒不妥，回頭一看，果然看見鬼武者行動了。他展開雙手，揚起斗篷，往她們飛過去。

——「風之精靈法則」？這裡不是沒有精靈嗎？他怎麼做到呢？難道他不是人？

敵不動他不動，敵動他動得更快。就在鬼武者展身飛起的時候，喬亞也出手。

黑龍劍再次放出一頭聖獸，而這次是一頭渾身漆黑的獵豹。

獵豹曲起身子，往上一躍，撲向半空的鬼武者。牠張開血盆大口，往鬼武者的身上咬過去。

不過這鬼武者並不是尋常武夫，也不見他有任何動作，竟然穿過了獵豹的身體。

聖獸雖然漆黑如影子，但都是喬亞放出來的，與實體無異，否則也不可能幫喬亞對敵。但是鬼武者卻不把獵豹當作一回事，一下子就穿過了牠的身體。

獵豹撲了個空，回身正要再飛撲之際，鬼武者竟然已經掠過喬亞的頭頂，即使牠的彈跳力如何驚人，也無法追到鬼武者。

喬亞臉上不動聲色，只見他扭動手印，獵豹頭撞地上，頓時化成一道黑影，回到黑龍劍內。

——連「幻劍術」也阻不到鬼武者？

溫妮雅把小珍交到小愚的手上後，返身就看見這一幕，連忙拔出雙劍。她的雙劍很幼、很尖，與其說是劍，不如說是「針」。沒錯，兩柄幼劍就像矛和槍，沒有鋒利的劍刃，只有劍尖的部分可以傷人，但王都內誰都知道這兩柄劍來頭非常大，名稱也特別響亮——天道與鬼道。

天地之道，任它們縱橫而行。

前幾天，溫妮雅就是以它們以二敵三，纏住喬亞的三頭巨鷹。

此刻，天與鬼又在溫妮雅的手上化成一個包圍網，罩向鬼武者。

鬼武者見惡招臨門，雙手往懷內收起，身後的斗蓬登時像活了起來，蓋著他的身體，剛好擋下了溫妮雅的雙劍。

溫妮雅雙劍雖然刺中了鬼武者，但她沒有半分喜色，只覺兩劍像刺中空氣一樣，沒有任何實在的感覺。

——這到底是什麼一回事？

鬼武者揚起斗蓬，人往上飛，一下子就掠過溫妮雅，撲向小愚和小珍。

「休想傷害他們。」溫妮雅回身，往鬼武者的背後投出一劍，「喬亞，你為什麼不出手呢？」

自獵豹回到黑龍劍後，喬亞就垂下了雙手，沒有阻攔鬼武者的意圖。

——難道獵豹被穿過了身體後，他也吃了暗虧嗎？那些傢伙真的是聖獸嗎？怎會如此不堪一擊呢？

不過時間不容溫妮雅細想，她右腳踏前，把另一柄劍也投了出去。

她手中沒有劍，可是她並沒閒著。她雖然不像喬亞般能控制聖獸，但她能控制另一種，不，是另外兩種東西，那就是她的天道與鬼道。

只見她扭動手腕，不斷結印施法，遙遙操控著兩柄幼劍。

它們就像兩頭飛鷹，不斷來回折返，阻止鬼武者飛進。

但鬼武者全然不覺得痛，任由雙劍穿過自己的身體，一直飛向小愚二人。

——糟了，這傢伙難道是不死之身？但好像有點兒不對勁？

溫妮雅來不及細想，已經聽到一把聲音大叫。

「你滾開。」

是克遜的聲音，接著溫妮雅就看到一道形似彎月的光芒攔腰斬開了鬼武者的身體，那光芒穿過了鬼武者的身體後，並沒有散開，一直飛往溫妮雅。

溫妮雅臉色頓時一變，她的雙劍在兩丈之外，根本來不及守護她。而且那道刀芒實在來得太快，溫妮雅眉頭一皺，已有了中刀的打算。

幸好刀芒在她的身前突然散開了，沒有砍傷她。當然它不是平白消失了，而是與一頭黑色的物體相撞後，被硬生生撞散了。那黑色的物體與刀芒相撞後，也化成一道輕煙，從溫妮雅身旁逃了回去。

溫妮雅回頭，剛好看見喬亞收回黑龍劍。情況實在來得太快，她根本來不及看清楚救她的是什麼聖獸，不過有一件事她可以肯定：「你既然可以出手，為什麼不擋下他呢？」

「他？他是誰？」喬亞不解地說。

「他當然是鬼武者。」溫妮雅氣上心頭，不過對付鬼武者要緊，連忙把天道與鬼道都召回手上。

不過，看來也沒有用得著她的地方。鬼武者中了刀芒後，整個身體像褪色一樣，漸漸在黑夜之中消失，沒有留下什麼痕跡在廣場上。

「幸好二王子及時出手。」溫妮雅看著拿著大日寶刀的克遜，感激地說。

克遜身旁當然是他的師妹兼情人——阿芙拉，以及一直垂下頭顱，不敢看他們的尼奧村長。

溫妮雅暗想克遜二人應該已經從村長口中得知這裡是什麼地方，而他們又為何在這裡吧！

阿芙拉雙手合十，唸唸有詞，應該是與水之精靈立約。可是過了一會兒，她搖頭嘆了口氣，顯然仍未能使用「精靈法則」。

溫妮雅立即明白當中的含意，說：「我們仍未回到正常的世界嗎？」

阿芙拉頷首，露出不解之色。

溫妮雅訝異地說：「我們不是已經消滅了鬼武者嗎？」

克遜沒有答她，反而問另一個人：「小弟，怎樣呢？」

喬亞端著下巴說：「完全沒有存在感。」

溫妮雅重複說道：「存在感？」

喬亞又說：「他穿過了獵豹的身子，我本來以為他使用了『法術勢』，可是獵豹卻沒有給予我任何實在感，縱使只是被風輕輕吹過，獵豹也能把當中的感受傳遞給我。而且他的身上完全沒有聲音，他的斗蓬揚起、他飛過我的身邊，都完全沒有聲音，這實在很不尋常。」

溫妮雅訝異地說：「是幻術？」

「我不知道。」喬亞又說，「我只知道，要解除當下的危機，就只能打倒他的真身。」

「妹妹，你快點醒來！」小愚痛苦地叫喊。

溫妮雅看到小珍在小愚懷內暈倒了，暗罵自己大意，如果能早一點知道那鬼武者只是幻影的話，她一定不會放下小珍，任由她擔驚受怕。

阿芙拉走了過去，探了探小珍的鼻息和脈搏，說：「你不用太擔心，她只是太害怕才暈倒，過一會兒吸了新鮮的空氣，應該會醒過來。」

小愚頓時呼了口氣，大罵：「這鬼武者實在太可惡，你們一定要救我們，打敗他，不要再讓他來嚇妹妹。」

「他露出了形相，一切就好辦了！」阿芙拉胸有成竹地說。

溫妮雅問：「這是什麼意思呢？」

阿芙拉卻打了個眼色，示意這裡不是說話的地方。

溫妮雅暗想她處事如此有分寸，應該有非常要緊的事，也就不去追問。

四人安頓好村長和一干小孩子後，再次在禮堂內聚集。

「阿芙拉，你到底發現了什麼？」克遜問。

「你們記得《古賢書》說過遠古時代有『八大惡』嗎？」阿芙拉說。

「我記得，那是遠古的八種似人非人的怪物，但他們不是已經不存在這個世上嗎？」克遜說。

喬亞說：「你的意思是鬼武者就是其中一惡嗎？」

阿芙拉點點頭，溫妮雅卻搶先說：「會是吸血魔嗎？」

喬亞訝異地說：「原來你也知道《古賢書》的內容。」

溫妮雅嘴角上翹，說：「我師父能夠成為國師，全因他學識淵博，我身為他的徒弟，當然也看過《古賢書》。」

喬亞露出疑惑的眼神，溫妮雅只好說：「沒錯，十冊中我只看了三冊，但剛好看到『八大惡』那一節。」

「飛天、吸血，還有可以控制別人，確實跟書內提及的吸血魔相似，但我們身處的地方又是什麼一回事呢？」克遜說道。

溫妮雅也不大明白這是什麼鬼地方，她看過的《古賢書》並沒有提及這種情況，倘若有，她一定記得，不但是人、景，連文字她也是過目不忘。

「師父曾經說過，部分練法者，能夠創造『結界』，讓自己躲進去，或囚禁他人。現在看來，吸血魔或許有此本事。」阿芙拉又說，「否則我沒法解釋精靈不存在這個世界的原因。」

「『結界師』？」喬亞低吟說。

「小弟，你想到什麼呢？」克遜問。

「如果我們真的在結界之內，到底吸血魔在哪兒呢？結界之內，還是結界之外呢？」喬亞說出了自己的疑惑。

溫妮雅明白他的疑慮，如果吸血魔是在結界之外的話，他們這些在結界內的人要怎樣打敗他呢？

——哥哥，你們到底在哪裡？有沒有發現我們失蹤呢？

「溫妮雅，你的劍能飛多遠？」阿芙拉問。

「你要我像他般，利用飛劍去找吸血魔嗎？」溫妮雅猜測說。

「不用了。」喬亞說完，走出了禮堂，並把黑龍劍擲至天上。這次再沒有聖獸從劍身走出來，而是整柄劍變成了一頭比巨象還龐大的聖獸。

「這是……是龍嗎？」溫妮雅咬咬牙，壓下心中的震驚。

龐大的身軀、尖削的頭顱、垂天的翅膀，不住張牙舞爪，如此恐怖的外形，不是傳說中的龍，又會是什麼生物呢？

「小弟，不可以衝動。」阿芙拉皺眉說。

「遠古的惡魔，就由遠古的黑龍去對抗。你們在這裡保護小孩子，我去找吸血魔。」

喬亞說完，躍身而起，落在黑龍的背上。黑龍登時拍了拍雙翼，緩緩向上升起來。

——這就是黑龍劍的真身嗎？

「等一會兒，我也去。」

喬亞訝異地看著說話的人，不敢相信她竟然這樣說。

第五章　吸血魔結界

奇妙的事終於在這刻出現，
天道劍微微移前了半分，
最尖端的部分在他們的眼底消失了。

她也學著喬亞，飛身而起，落在黑龍的背上。

「你幹什麼？」喬亞回頭看著她。

「我就是不放心你。」她學著喬亞一貫的語氣。

「什麼？」喬亞訝異地問。

她的臉頓時一紅，說：「你不要誤會我的意思，我是怕你獨自一人離開。」

喬亞聳聳肩。

「原來『御劍師』這麼膽小。」沒錯，跟著喬亞的正是溫妮雅。

「小弟，小心點。」克遜叮囑說。

黑龍揚揚翅膀，朝天飛起。

看著他們飛走，克遜擔心地說：「他們真的能對付吸血魔嗎？」

「如果只是找他，派出任何一頭聖獸也可以。」阿芙拉打了個謎。

克遜想了一會兒，說：「我明白了，他不是要去找吸血魔，而是去結界的盡頭。確實普通聖獸撞上結界，應該會立即潰散。」

阿芙拉點頭和應：「小弟的二百隻昆蟲，應該已經搜索了不少地區，卻沒有發現。以小弟有點急躁的性情，去破壞結界絕對是他會立刻去做的事。」

黑龍在半空飛了一會兒後，喬亞閉目坐了下來。溫妮雅依舊站在喬亞的身後，悄悄盯著他的背影。這是她首次坐上飛龍，可是她的全副精神都在喬亞身上，完全沒有留意四周的變化，或許她只要稍稍定定神，該發現自己自從遇上喬亞後，就被對方的動靜吸引住。

她暗想這個喬亞跟自己年紀相若，為什麼處事如此冷靜，而且他的「幻劍術」比自己的「御劍術」著實高明得多。

「我們暫時不會遇到吸血魔，你可以放鬆點。」喬亞說。

溫妮雅徐徐呼了口氣，雙手移離劍柄，學著喬亞坐了下來。她滿腹疑惑，很想知道這頭黑龍與黑龍劍有什麼關係，為什麼其他聖獸出現時，黑龍劍沒有消失，而這一次卻消失了。不過她沒有說話，雖然只相處了幾天，但她頗了解喬亞的性情，他一定不會答她，特別是關於「幻劍術」與黑龍劍的事。

黑龍一直向前飛，不知道過了多久，可能是片刻，又可能是更久一點的時間，牠終於停了下來。

「到了！」喬亞睜開雙眼，躍到地上。

溫妮雅放眼一看，這兒是一個山頭，一個光秃秃，寸草不生的山頭。旁邊山脈連綿不絕，沒有半點異樣，那個吸血魔，或鬼武者真的匿藏在附近嗎？

「我們為什麼要來這裡？」

喬亞說：「借你其中一柄劍給我。」

溫妮雅雖然滿腹疑惑，仍然拔出天道劍，擲向喬亞。

喬亞接過天道劍，向前劈去，登時發出一聲沉實的巨響，似擊中了一堵很堅硬的牆，但他們的臉前明明什麼都沒有。

「讓我來！」溫妮雅舉起右手結印，喬亞手中的劍登時像有生命般掙扎，掙脫了他的掌控，飛往天上。可是不夠十丈後，劍尖像刺到什麼，再沒法向上飛。

雖然已經是夜深，溫妮雅看不到，但她絕對可以肯定天上沒有任何物件。

「這裡是結界的盡頭嗎？」

「就是這裡，現在要看我們的能耐了。」

喬亞深深吸了口氣，黑龍立即往前飛去，撞向結界，發出一聲如旱天雷的巨響。

溫妮雅雖然早有準備，但聽到如此巨響，也禁不住輕輕按著胸口。

黑龍受阻後，又飛回天上，然後鼓足全力，再俯衝而下。這一碰撞的勁力更大，聲音更響，但依然沒法衝過結界。黑龍又再次飛到天上，盤旋了幾個圈，儲足力量之後，第三度撞向結界，但跟前兩次一樣，黑龍依然跟他們身處同一個時空。

他們站著的地方依然是一個光禿禿的山頭。溫妮雅以為黑龍會嘗試第四度攻擊時，牠卻突然往內收縮，變回了劍，沉重地跌落在地上。

她覺得好奇，望了望喬亞，卻見他臉色有點蒼白。她定定神，隱隱約約想到什麼，可是一時三刻卻整理不到思緒，只好把念頭擱在一旁。

「這個結界果然不是我能應付得來的。」喬亞又說，「你可以嗎？」

溫妮雅心想，雖然自己的「御劍術」不及「幻劍術」高明，但喬亞也不用取笑她吧！

喬亞知道她的想法，說：「你的劍比較幼細，或許可以穿過結界。」

溫妮雅訝異地看著喬亞，說：「你也可以呼喚其他細小的聖獸吧！」

喬亞苦笑搖頭：「聖獸之中，以黑龍的力量最強大，連牠也無法衝破結界，其他聖獸應該沒有足夠的力量，而且……」

「什麼呢？」

「你剛才不是已經猜到了嗎？聖獸是由我的法力從黑龍劍中變出來的，牠們與我心神靈肉連成一線，因此我才可以感受到牠們的感受，作出比較複雜的動作。《古賢書》不是說過，凡事有得必有失；失敗是為了未來的成功，而成功也必定埋下失敗的種子；我能操控聖獸，但同時聖獸也是我，只要牠回到劍中，牠身受的傷害也會即時回報在我的身上。以結界的硬度來看，黑龍再多撞兩次的話，我必定會暈過去。」

溫妮雅驚訝地看著喬亞，他所說的與她剛才想到的「幻劍術」秘密不謀而合，想不到他竟然和盤托出。半天前，這個情況絕對是不可能發生的。

「你的『御劍術』應該沒有跟你的靈肉相連吧？絕對可以發揮到百分百的威力。」喬亞說。

溫妮雅點頭，說：「但我的力量並不足夠。」

喬亞瞇起雙眼，看著眼前這個跟自己年齡相若的少女，沒有說話。他雖然已經監視了她很久，但這還是他首次放下偏見去看她，才發覺她的臉有點長，不過由於面頰和鼻頭也有肉，讓她的臉看上去十分勻稱。而這種勻稱讓她的臉稚氣中帶點成熟，有種同齡人沒有的可靠。

溫妮雅不知道喬亞在看她，自說自話：「我也不瞞你，我之所以用幼劍，全因我的法力不足，無法操控一般的劍。哥哥想了很久，終於在古書中找到一種叫擊劍的運動，再找專人打造了天道劍和鬼道劍給我。」

「我可以幫你。」喬亞說完，黑龍劍再次起了變化，一頭黑熊走了出來。

溫妮雅說了聲「好」，揮舞雙手，天鬼雙道登時在半空急舞起來。

——去！

兩柄幼劍自天上俯衝而下，掠過黑熊的身側，直刺向結界。天道鬼道聚在一起，發出幼細卻綿密的聲音，跟剛剛黑龍撞到結界的巨響不同。

很刺耳！像拖行椅子，又或用叉子刮在桌面的聲音，予人不寒而慄的感覺。

果然如溫妮雅所說，她的力量並不足夠，雙劍根本無法再往前多進半分。不過現在已不能有任何保留，她咬緊牙根，使用全力，指使兩劍一直往前刺。

兩劍顯然是經過特別淬煉，在如此情況下，竟然沒有半分彎曲。

這時候黑熊終於出手，發力打在劍柄之上。

奇妙的事終於在這刻出現，天道劍微微移前了半分，最尖端的部分在他們的眼底消失了。

溫妮雅雖然滿額汗珠，卻笑了起來。她索性將全身力量聚在天道之上，任由鬼道跌在地上。

——刺穿了就好辦啊！

「回來！」喬亞叫了一聲，黑熊迅速回到劍身之內。

溫妮雅覺得奇怪之際，四顆小黑點從劍身飛了出來。本來如此漆黑的天色，溫妮雅是很難發現牠們，不過牠們像要引人注意一樣，尾部發出了如燭火的光芒。

「這是什麼呢？」

「是螢火蟲。」

溫妮雅當然知道什麼是螢火蟲，但還是首次看到這麼黑沉卻會發光的螢火蟲。牠們在漆黑的夜空裡，就像幾顆寶石，耀眼得叫人很想據為己有。牠們在喬亞的指示下，飛向了天道劍之上，然後慢慢地往劍尖爬去。

溫妮雅看著牠們，感覺有點異樣。她雖然曾經見過喬亞放出很多隻昆蟲，但還是首次看到牠們如此細微的動作。

螢火蟲終於爬行到劍尖附近，然後拚命地從那細小的出口擠過去。不過那出口實在太細小，根本不能讓任何昆蟲穿過去。

溫妮雅突然擺擺手，慢慢把天道劍移後，出口的空間登時闊大起來。螢火蟲展展翅，一隻，兩隻，三隻，四隻，陸續在他們眼底消失。

「呀！」溫妮雅大叫一聲，天道劍再次刺了進去，只露出了劍柄和後半截的劍身。

「夠了。」

「什麼？」

「你能操控看不到的劍嗎？」

溫妮雅明白喬亞的意思，不過卻反問：「你透過螢火蟲看到外面的世界嗎？」

「我不能，牠們所見所聞，所獲得的好處和所受的痛苦，都要在牠們回到黑龍劍之後，我才可以感受到。」

「那麼放牠們到另外世界有什麼意義？」

「牠們跟我那二百隻昆蟲一樣，不是用來攻擊，而是偵測之用。跟攻擊型聖獸不同，只要我放出去，偵測型的就會按我的意思四處巡查，不用我去理會牠們。」

「你要看看外面的世界嗎？」

「當然不是，我是希望牠們能找到你哥哥他們。他們如果真的趕在我們前頭打點，該很快發現他們本來留給我們的旅館都沒有人住過。或許已經四處尋找我們。」

「你要用螢火蟲引起哥哥的注意，這可以嗎？」溫妮雅問。

喬亞搖首說：「我也不知道。不過他們曾經見過我的聖獸，或許會留意到。我只叫牠們四處來回飛翔。」

「你為什麼不放多一點呢？」溫妮雅問。

「如果吸血魔突然出現，我就不能放出如黑熊這麼有戰鬥力的聖獸出來。」喬亞答。

溫妮雅本來想問為什麼是放出螢火蟲，而不是其他聖獸的時候，眼角瞟到了天道，立時明白過來。喬亞一定有命令其中一隻螢火蟲守在劍尖的位置，讓哥哥他們來到的時候，能夠一眼就注意到那露出的劍尖，從而發現這裡有個結界。

——考慮得真周詳！

「我們下一步要怎樣做呢？」溫妮雅問。

「一時三刻也不會有消息，回去吧！」喬亞搓了搓右眼，顯得有點疲累。

喬亞向前走了幾步，但溫妮雅卻沒有任何動身的意思。

他低頭看了看手中的黑龍劍，失笑說：「那幾隻螢火蟲也是黑龍劍的一部分，我沒有辦法再召喚出黑龍讓我們騎上去。」

「我不是什麼大小姐，走路難不到我。」溫妮雅說，「我只是覺得好奇，如果我不前來的話，你要怎樣跟另一個世界的人聯繫。」

喬亞聳聳肩，說：「總會有方法，而且你不是來了嗎？」

溫妮雅問：「你預知我會來？」

喬亞失笑說：「『幻劍術』雖然神奇，但我不是『預言師』，我沒有預知的能力。不過既然事情已經發生了，想像它沒有發生，是相當不切實際。」

「是嗎？」

「當然是，這個世上太多人喜歡說『如果』，譬如說如果當天不下雨的話，我就去了做什麼。與其說，不如今天就去做。既然你已經來了，我就不用再去想其他方法。」喬亞說，「我現在只想早點回去休息，要讓四隻螢火蟲持續飛行，我要有足夠的精神。」

「在這裡休息不可以嗎？」

「如果吸血魔再襲擊村莊，師兄一人未必能一面殺敵，一面照顧師姐他們。」

「她不會其他『法術勢』嗎？」

喬亞搖首，沒有進一步解釋下去。

「等一會兒。」溫妮雅走到天道劍的身後，閉上雙眼，右手貼著眉心，口中唸唸有詞。

——「精靈法則」？她竟然也懂得？

溫妮雅猛然睜開雙眼，露出少許喜色，說：「雖然只是很輕微，但外面世界的精靈似乎對我的召喚有點反應。只是我沒法讓他們聯合起來，施展任何法則。」

「你挺厲害，連『精靈法則』也懂得。」

「不厲害，只是嫂嫂說我要對敵的話，最好懂得基本的『法術勢』，否則連對方施展什麼術式也不知道，如何對敵呢？」

「她說得不錯，你知道王國之內有多少人懂得『精靈法則』嗎？」

「具體數目我也不清楚，不過有嫂嫂、阿芙拉姐姐的功力，我猜想不會超過十人。」

溫妮雅鬆開右手，呼了口氣，說，「可惜我的功力不及阿芙拉，如果換了是她的話，該可以利用水之精靈衝破結界。」

「你已經做得很好了，我們回去吧！」喬亞說完，黑龍劍內走出了兩頭獵豹。喬亞坐上了其中一頭，溫妮雅卻有點遲疑。

「不要緊，回去好好休息應該沒有問題。」

溫妮雅只好坐上去，不過卻突然想到一件事。如果獵豹是跟喬亞的五感互通的話，她現在豈不是坐在喬亞的身上，勞役著他。

——哈哈，這個不可一世的傢伙，竟然如此失策。

第六章　靜靜地看著

溫妮雅卻罕有地沒有還擊喬亞，
只是靜靜地看著他，
就像他靜靜地看著克遜和阿芙拉一樣。

「溫妮雅姐姐，你快點去看看妹妹。她的身體很不對勁。」

小愚推開禮堂的門，慌張大叫。

「姐姐有事外出了，小珍怎樣呢？」

阿芙拉醒了過來，搓著眼睛，就聽到克遜如此問。

「我也不知道，她突然曲起身體，按著肚子喊痛。」小愚緊張地說。

「我們去看看她。」阿芙拉站了起來，伸伸懶腰，已經沒有了疲累感。他們除了練習「法術勢」外，也學習過不同恢復元氣的吐納法。因此，雖然只小睡了片刻，精神已經很飽滿。她雙手合十，試試吟誦口訣，可是依舊沒有跟任何水之精靈取得聯繫。

小愚立即帶路，領著他倆橫過廣場，往一間小屋走去。小愚拉開了半掩的大門，走了進去。小屋內的家具和物件雜亂無章地放著，堆得水洩不通。與其說是居所，倒不如說是垃圾場。

不過克遜並不感到驚訝，反而明白小愚他們這樣做，全是為了方便他們匿藏起來。他相信其他小孩子住的地方也是差不多。

小愚走到小屋的深處，那兒比較乾淨，只放了兩張長椅子，小珍正躺在其中一張上。果然如小愚所說，她的身子痛得扭曲起來，不住呻吟。

阿芙拉搓了搓小珍的肚子，說：「不要怕，是我們。溫妮雅姐姐很快就會前來，你放鬆一點。」

小珍勉強有點反應，張開了一絲眼縫，看著阿芙拉。

阿芙拉正想問她覺得怎樣，小珍卻先一步拉著她的手，喃喃地說：「你不要傷害他們。」

——你？他們？

阿芙拉感到事情有點蹊蹺，即望向克遜：「我要替她檢查，你們在外面等一會兒。」

「我在這裡就可以。」小愚一臉擔心。

「如果想小珍早點好轉，我們就應該在門外守候，不讓任何人來打擾。」克遜不理會小愚的抗議，一手提起他，往大門走去。

小愚不斷掙扎，克遜卻瞪了他一眼，不過小愚並沒有屈服，仍舊想擺脫克遜。

克遜離開小屋，把小愚擲在地上。小愚落地即站了起來，想跑回小屋看看妹妹，一件物件卻突然飛到他的身前。

他接過後身子立時向下一沉，竟然是克遜的大日寶刀。

「我們不能永遠守在這裡，鬼武者的事解決後我們就會離開，能夠保護你的就只有你自己。」克遜說，「我就教你刀法，妹妹及其他小孩子就由你來保護。」

小愚眼神掠過一絲驚喜，可是他一個七、八歲的小孩力氣不足，連提著大日寶刀都有點困難。何來練刀法的能耐呢？

克遜說：「你的身子太弱了，兩臂像樹枝一樣幼小，怎樣拿刀呢？我現在教你修煉的方法，你每天都練習，到你能夠提起兩個盛滿水的大水桶後，就來找我練刀。」

小愚點點頭，說：「我會努力的，師父。」

「不要叫我師父，我只是教你基本功，只要你持之以恆，日後一定可以遇到更適合的師父。」克遜又說，「你用雙肩托著我的大刀，站直身子讓我看看。身子要挺直，不能彎腰，姿勢錯誤的話，即使練成了絕世刀法，遇上高手也會不堪一擊。」

小屋內，阿芙拉反過來握著小珍的手，說：「『你』是誰？『他們』又是誰呢？告訴姐姐，我一定會救你們。」

小珍只是不斷重複：「你不要傷害他們……傷害他們……你是好人……你不要發狂……」

「是鬼武者嗎？」阿芙拉猜測說。

小珍的聲音越來越細，沒有再說下去。

阿芙拉把小珍的身子平直地放好，揭開她的上衣，輕輕按壓她的下腹，起初沒有感到異樣，可是再仔細看下去，竟然發現肚臍的位置有個小紅點。她輕輕拭了拭小紅點，有小小微濕，赫然是小珍的血。

——她怎會受傷了呢？這麼細小的傷口，似是刺針做出來的。到底是誰傷害她呢？

阿芙拉微感訝異，從懷中拿出了藥膏，塗在小珍的傷口上，又把止痛的藥餵給她吃。

小珍漸漸平復下來，不久，就發出了緩慢而有序的鼻鼾聲。

阿芙拉撫摸著小珍的前額，暗想：「她好像知道些什麼，這麼小的年紀就要受苦，實在太可憐了。」

她站了起來，走出門外，看見克遜正在教小愚做一些簡單的伸展動作。阿芙拉看在眼裡，彷彿看見昔日克遜教喬亞功夫時的情景。

克遜是她的大師兄，比她早兩年入門。她不知道他怎樣成為「大賢者」的徒弟，他從來沒有提起，她也就不問。她只知道這個大師兄凡事親力親為，從不躲懶，只要他認定是對的事，就用盡力去做。這也是她喜歡他的原因，她喜歡他的率直。

克遜感到她的眼波，回頭向她笑了笑。

「如此晚了，快點回去睡覺。明天再練吧！」阿芙拉說。

「妹妹已經沒事了嗎？」小愚急問。

「已經止了痛。我今晚會在這裡守候，替你看著小珍。」阿芙拉說。

「你們四個都是好人。」小愚由衷地說。

克遜摸了摸他的頭，說：「我回禮堂那邊，希望小弟盡快帶消息回來。」

阿芙拉輕輕地搖搖手，溫柔地說：「明早見！」

克遜心頭一熱，這個師妹從來都是這麼溫柔。當初她拜入師門之時，他看見她那一頭金髮，總覺得很奇怪。在這個王國裡，每十個人之中，就有一個是金色頭髮，可是像她的金髮那麼耀眼，他還是第一次看到。

他不知道她怎樣成為師父的門下，他只知道某天一早起來，離家一個月的師父就帶著她回來了。他的生命也就從那一刻重新開始了，他仍然記得自己逃離王都時的痛苦，他以為那是一個今生沒法撫平的傷口。不過自從遇到阿芙拉，他就覺得一切都不大重要了。

因此她雖然沒有說過自己的身世，他也主動告訴她自己是王子的事。

光芒再次重臨大地，照射在心湖之上，片片的鱗光閃閃生輝，充滿活力，如果不是身陷困局的人，根本料不到這是個密封的世界。眼前越美麗的景象，越叫人覺得這種美麗是那麼不堪一擊。

克遜走到廣場上，拿著大日寶刀，揮舞了幾下。

這是他們三人每天早上都會做的事，縱使多艱難、多疲累，他們每天都會早點起來練練功。

「修煉的法門就是每天練習，把一招一式都練到隨心所欲的境界。不過這只算基礎，你必須持之以恒，不能疏懶，一旦疏懶了，所有的前功都會盡廢。」

克遜每個早上練功時都會想起師父，特別是今天，他很久沒有試過一個人練功。從前每一天，他和阿芙拉、喬亞都會一起練功，不，說得準確點，三人這十年間形影不離。

自從小弟拜師的第一天開始，他們三人就沒有分開過，在師廬的日子如此，四處流浪的日子也如此。小弟曾說自己即位後就會離開，他們三人還會在一起嗎？

「你在想什麼？」阿芙拉走了過來。

「在想你。」克遜說。

「這是你的真心話。」阿芙拉說。

「你可否不要這麼聰明呢？」克遜問，「我在想未來的日子，小弟走了之後，就只剩下我倆。」

「天下沒有一種事是永恒不變的，你離開了王都、你的父王和兄長，然後到師父離開了我們，日後小弟也會離開我們。最後不是我首先離開，就是你先我一步走。生命就是如此無奈。」阿芙拉淡淡地說。

克遜說：「你真灑脫，說得自己好像不在其中一樣。」

阿芙拉定睛看著自己的情人，說：「你看得我重要，我自然在你的生命裡；你看得我不重要，我就會在你的生命裡消失。」

克遜堅定地說：「你當然在我的生命裡。你不怪責我要回王都嗎？」

阿芙拉說：「這是你的命數，你是王子，就要有王子的責任，你避開了十多年，現在是時候回去做該做的事。」

「你能夠伴我終生，實在是我的福分。」克遜呼了口氣，說：「我之所以回去即位，其實是因為姑姐。她一直覺得應該由她接任王位，比尤姬雖然沒有明言，但父王和大哥之所以弄成如此，姑姐的嫌疑最大。國師現在只是暫時令事情不惡化，要阻止她就只有我接任王位。」

阿芙拉溫柔地說：「也該是你盡人子、人弟的責任吧！」

克遜點頭，說：「不要告訴小弟這個原因，讓他回去師廬吧！」

阿芙拉點頭，記起了喬亞初初來到師門的日子，同時也想起昨天看見小愚他們的情景，他們臉上的驚懼，就是喬亞當日的表情。他們沒有問過喬亞，師父也說喬亞不會記得，他們只知道喬亞遭逢過的巨變不會比他們輕鬆得多。

克遜說得對，不應讓喬亞捲入宮庭的鬥爭，但回心一想，他離開了他們之後，還習慣嗎？

不過當下不是細想的時候，阿芙拉淺淺一笑：「大師兄，你的練習好像還沒有達標。」

克遜失笑說：「你呢？」

阿芙拉像平日閉起雙目，雙手結印，呼喚四周的精靈。可是就像昨夜一樣，任她如何努力，大自然的所有精靈都不給予回應。

水的、風的、土的、火的，四大元素、四種精靈都沒有半絲反應。

四周一片寂靜，就只有克遜揮刀的聲音最是清脆。

每天早上揮刀二千次是克遜恒久不變的早課，她喜歡聽他揮刀的聲音，很有節奏，很有勁度。

她聽到揮刀的聲音，就知道他在身旁拚命練功。縱使當天如何心煩，人也就變得安心。

她仍然記得克遜認定她的一天，他沒有說話，只是握著她的右手。那一天她飼養的小相思死了，她很傷心，但她沒有哭出來，她知道哭了牠也不會活過來。而且她也沒有真正的飼養牠，她只是把食物放在窗台，而牠每天早上也定時定候來吃。

不過這天牠來到的時候，就倒在窗台上，滿身傷痕，奄奄一息。

她想治好牠，可是牠只在她手中掙扎了一下，就一命嗚呼，連讓她去救治牠的機會也沒有。她知道牠拚命掙扎飛過來，就是給她一個交代，好讓她不要呆呆地等下去。

喬亞走了過來，拭著眼淚：「我們葬了牠。」

他把小相思葬於泥土之中，一臉痛心。

阿芙拉站在喬亞的背後，靜靜地沒有說話。

突然她感到一隻溫暖的手伸了過來，握著她本來有點冷意的手掌。

是克遜的手，她不看也知道，也只有他的手如此有力和溫暖，這是每天揮刀一萬次的手。每天揮五個時段，每個時段二千次，日復一日。不躲懶、認真，就是克遜的人生格言。

她偏頭看了看克遜，眼裡盡是感激和珍惜之意。

克遜故意不看她，只是注視著喬亞的背影。

突然喬亞大叫：「師姐，你看！牠回來了。」

她回過神來，看見喬亞的右手竟然站著一隻黑色的小鳥剪影，雖然牠渾身漆黑，而且只是一個剪影，但她可以肯定牠是她的小相思。

——是靈魂嗎？

這是她的第一感覺，不過她很快就知道事情不是這麼簡單，但又想不到是什麼一回事。

喬亞回頭看她，本來雀躍的笑容竟然掠過一絲失望，不過他很快又回復過來，一臉滿足的笑容。

她當然知道這絲失望的意思，他喜歡她，不過她選定了克遜，克遜也選擇了她。三人行，必然有一人失望，是恆久不變的定律。

「牠好像還會飛的。」

喬亞揚一揚手，黑色小相思縮了縮脖子，一展翅，就飛往天上。

她看著小相思慢慢飛遠，說了一聲抱歉。連她這麼聰明，也不知道這聲抱歉是跟小相思，還是跟喬亞說的。

「你在想什麼？」克遜停止了揮刀，問阿芙拉。

「沒有想什麼，只是我剛剛施法的時候感覺跟昨天有點兒不同。」阿芙拉說，「雖然仍沒有跟任何精靈取得聯繫，但靈台比昨夜清明得多，呼吸也順暢了。小弟他們可能已經找到出去的方法。」

「想不到他們這對冤家竟然有如此能耐。」克遜失笑說。

「小弟自八歲開始就跟著我倆，十年來沒有同齡的朋友，才不懂得跟人相處。希望她可以打開他的心扉。」阿芙拉說完，一道背負巨斧的小個子身影竟然掠過她的腦際。

她渾身打了個寒顫，不良的預感突然襲上心頭，只能暗暗呼了口氣，期盼事情不會向著最壞的情況走去。

「十年了。當初師父帶他回來的時候，說他一族人遭逢巨變。他當時的眼神很混亂，不要說我們，他連師父都不相信。」克遜說。

「他還經常躲到山上，不理會我們。」阿芙拉悠然說起來，「還是你厲害，每天都去找他，每天都帶他回來。兩個月後，他就回復過來，若非是你，他可能一生也走不出那陰影。」

克遜笑了笑，望向遠處一個山頭。

阿芙拉順著他的眼波，看見兩個坐在獵豹上的人，正正是克遜口中的鬥氣冤家。

經過一夜的勞累，喬亞顯得有點兒疲累，獵豹已經沒有之前跑得那麼快。

「我可以自己走。」溫妮雅在獵豹上叫了出來。

喬亞的獵豹跑在前頭，也不知道他有否聽得清楚，但在溫妮雅說完那句話後，獵豹顯然是加速了。

溫妮雅差點笑了出來，這個「幻劍師」雖然修為高，功夫好，有點小聰明，但想法極之簡單，脾氣又極大，只要稍稍刺激，就會失去理智。看來只要刺激得其法，他跟他操控的聖獸其實沒有什麼分別。

突然獵豹腳步緩了下來，停在一個綠油油的小山頭之上。

溫妮雅低頭看去，就看見美湖村，眼力好的話，更可以看見廣場上有兩道人影。拿大刀的應該是克遜，另一人當然是阿芙拉。

溫妮雅正想問喬亞為什麼要停在這裡的時候，卻看見他一臉奇異的神情。她忽然覺得這個表情有點熟悉，沒錯，是夏格看她的神色，也是王都裡很多王孫公子看她時的神情，是鍾愛，也是珍惜。

她頓時像明白了什麼，心裡竟然冒起了不大好受的感覺。

——這感覺到底是什麼一回事呢？

喬亞偏了偏頭看著她，問：「你怎樣？太累嗎？」

溫妮雅正想說話時，喬亞忽地伸手過來，當然他們距離這麼遠，他的手是碰不到她的，不過她卻突然感到兩人的距離一瞬間拉近了很多。

喬亞指了指她的頭上，她伸手撥了撥頭髮，一片小巧的葉子跌在她的大腿上。

「沒有了。」喬亞說完，兩頭獵豹俯衝而下，不消一刻，已經奔回廣場。他拔出黑龍劍，獵豹再次回到劍身之內。他的臉色一下子變得慘白，差點仆倒地上。

克遜訝異地問：「你控制了其他聖獸嗎？」

「不用我控制，是偵察型。」喬亞坦言說道。

克遜摟著他，說：「你忘記了師父的話，你不能控制太多聖獸，而且不能同時放出攻擊型和偵察型，你的體力絕對支持不住。」

溫妮雅頓時明白喬亞為何在最初的時候，沒有放出獵豹，臉上頓時有陣愧色。

阿芙拉見溫妮雅神色有異，已隱約猜到是什麼一回事，說：「平安回來就好了。」

喬亞揚揚眉，揶揄說：「本來我一個人還可以，怎料要多載另一個人，又不知道自己這麼重。」

「小弟。」克遜望向溫妮雅。

溫妮雅卻罕有地沒有還擊喬亞，只是靜靜地看著他，就像他靜靜地看著克遜和阿芙拉一樣。

第七章　尋找「珍」相

克遜點點頭，想想也是有理。人在恐懼時，真的可能會把敵人想得更巨大。

阿芙拉聽完結界盡頭的事，即說：「小弟，你去休息，晚點才帶我們去看看。」

「我現在可以。」喬亞說。

克遜盯了他一眼，沉聲說：「別逞強，你還要力量去接回那幾隻螢火蟲。」

阿芙拉也附和說：「我們還要準備一些物資。」

喬亞瞇起雙眼，露出疑惑之色。

克遜說：「這不是看你的意願，而是我們的要求。反正都被困在這裡，多留一陣子也無妨。他朝回到王都，我就沒法享受這裡的寧靜。」

溫妮雅訝異地說：「寧靜？」

克遜頷首說道：「那頭吸血魔只不過是幻影，與演戲無異，根本不用放在眼內。」

溫妮雅放眼看去，這個與世隔絕的世界，風和日麗、山明水秀，如果用另一個角度去看，確實是個世外桃源，是隱居的好地方。但是這裡沒有她的親友，而且小孩子也沒有了父母，還要整天活在吸血魔的夢魘下，哪能說是快活寫意呢？

——人是需要自由的。

阿芙拉淺笑說：「你不要太認真，他只是說笑。他比任何人都急著要回到真實的世界，看看到底發生什麼事。」

喬亞打了個呵欠，說：「知道了，兩位長輩。希望我睡著的時候，那些螢火蟲沒有被打掉。」然後把黑龍劍擲向阿芙拉。

「我會幫你看著的，牠們一定有家可歸。」阿芙拉微笑說。

喬亞不再理會他們，逕自走向禮堂。

溫妮雅聽到二人的對答，竟然有一份失落，說：「我也要去睡了。」

「等一會兒，我有事想跟你商量。」阿芙拉說。

喬亞錯愕地回望師姐，猜不透她要找溫妮雅所為何事。

阿芙拉知道若沒有令他滿意的答案，他是不會輕易回去的，只好說：「小弟，女兒家的事，你也有興趣？」

喬亞的臉頓時紅起來，尷尬地轉身離開。

溫妮雅也一臉紅霞，顫聲說：「是什麼事呢？」

阿芙拉待喬亞關上禮堂的門，才說：「抱歉，如果不這樣說，小弟不會去休息的。

不過確實有要事，小珍昨夜突然肚子痛，我已經替她止了痛。你可以去看看她嗎？」

「當然可以。」溫妮雅遲疑了片刻，又說，「我不懂得醫術，未必幫到她。」

阿芙拉沒有再說下去，溫妮雅暗覺有異，若換了昨天之前，她可能會心生戒備，不過經過一天的相處，她彷彿對他們三人有多點了解。阿芙拉雖然經常說一些似是而非的大道理，但她很少說沒有用的話。既然她不說下去，就是想溫妮雅自己去發現。

她跟著阿芙拉的腳步，來到小愚和小珍的小屋前。小愚正好跑了出來，氣急敗壞地說：「妹妹不見了。」

溫妮雅想起昨天的情景，問：「她又躲在儲水箱嗎？」

「我去看看。」小愚立即跑去昨天發現妹妹的位置。可是那小屋前，除了被克遜斬開了的儲水箱外，再沒有其他東西。當然，他們也找不到小珍。

「除了這裡，她還會躲在哪兒呢？你們有玩過捉迷藏嗎？」阿芙拉問。

「妹妹很少跟我們玩耍，我也不知道她躲在哪裡。」小愚慌張地說。

阿芙拉與溫妮雅對望一眼，同時想起喬亞，如果利用黑龍劍的聖獸的話，應該很快就可以找到小珍的下落，不過他現在需要休息，不能驚動他。

「我們四處找找吧！小愚，不要響鐘，這件事驚動得越少人越好。」阿芙拉叮囑。

克遜也跑了過來，問清楚發生什麼事後，就兩人一組，分頭去找小珍。

可是他們在村內找了很久，依然沒有發現。十數名小孩子知道小珍不見了，也加入了搜索的行列。

「小珍為什麼要躲進儲水箱呢？」溫妮雅突然問小愚。

小愚搖搖頭，一臉茫然。

小導卻搶著說：「我知道，在鬼武者發瘋的時候，小愚的爸爸把小珍藏在儲水箱內。她應該是希望爸爸平安無事，去接她回家。」

阿芙拉剛好走了過來，聽到他們的對話，禁不住重複了小導的話。

溫妮雅知道她必定想到了什麼，露出詢問之色。

「小愚，你記得鬼武者是怎樣來到你的家嗎？」阿芙拉問。

小愚搔搔首，說：「我也不知道，有天我下課，回到家就聽到爸爸媽媽說小珍在後山帶了一位受傷的叔叔回來。我看見那叔叔傷勢很重，似在高處跌了下來。不過他的生命力很頑強，竟然沒有死去。」

另一名小孩插嘴說：「我想起了，我見過小珍拿著包子離開村莊，往小山谷方向走去。她的包應該放了很久，風吹過來也沒有香味。」

「小山谷在哪兒？」溫妮雅搶著問。

幾名小孩同時指著村外兩座小山之間，克遜說：「我去找找。」

溫妮雅說：「我也去。」

兩人展動身影，離開村莊，往小山谷走去。小山谷長滿了樹木，高高低低沒有什麼秩序，與其說是小山谷，不如說是小樹林；與其說是小樹林，倒不如說是一座迷宮。小山谷的入口有兩條小徑，分別通往兩面的高山。

「小珍，你在哪兒呢？」溫妮雅揚聲叫道，可是小山谷內沒有半點回音，一片死寂。在美湖村裡，這種死寂不算容易察覺，可是當下他們在長滿了樹木的小山谷內，那份寂靜就像一隻魔手緊緊握著他們的心。

沒有風聲，沒有水聲，更不要說鳥聲蟬鳴啊，這裡就好像剛創造的世界，只有花木草葉，還沒有任何動物住進去。

「我們分頭找找，遇事即大叫，或者攀到樹頂，我一定可以看到的。」克遜深深吸了口氣，壓下心底的不安。

「知道了。」溫妮雅往右面走去，克遜則從左面開始搜索。

她越深入小山谷，兩旁的樹木也就長得越高，差不多把陽光都掩蓋了。本來的小徑，也可能因為沒有人再走過，而雜草叢生。再多走一會兒，溫妮雅越發覺得眼前所見的樹木都了無生氣，它們就像舞台上的佈景，縱使枝葉茂盛，也不過是徒具其形。

——難道這就是結界的缺陷嗎？

溫妮雅把手貼在地面，唸唸有詞，可惜依然沒法跟任何精靈溝通。

——沒有精靈住的世界，雖生猶死。

她記起嫂嫂曾經說過這句話，越發討厭這個地方。

突然她聽到一陣喁喁細語，似是小珍的聲音。

她循聲音走去，走近一棵已枯死的大樹下，聲音也越來越清晰。

樹底有個大洞，她自遠處看過去，隱隱約約看見小珍伴著一頭黑影。

雖然他們相去甚遠，但溫妮雅已經看出黑影就是昨天見到的鬼武者，亦即是「八大惡」的吸血魔。

吸血魔看來很是疲累，躺下來完全沒有動作。

她凝神閉氣，雙手放在腰間，正要拔劍，才發現只剩下鬼道劍，一種莫名其妙的空虛頓時填滿了心頭。單劍能夠抵擋吸血魔嗎？

她突然想大叫，想呼喚附近的克遜，不過她很快就放棄了這個念頭，以鬼武者和小珍的距離，只要她稍為妄動，鬼武者也必定比她更快傷害到小珍。她握著劍，暗想如果有雙劍在手，以她御劍的速度，應該可以一下子刺中鬼武者的雙手，教他不能傷害小珍，但當下的情況，她只有鬼道在手，根本無從選擇。

——只能更靠近他們！

溫妮雅心意已決，放緩腳步，慢慢靠近小樹洞。

小珍的聲音也越來越清晰：「叔叔，你不要傷害我的爸爸媽媽，可以嗎？我讓你咬我的肉吧。還有，不可以傷害我的哥哥、小導、小夕，還有小倩……」

——咬小珍的肉？實在不能原諒。

溫妮雅想著，鬼道已緩緩離開劍鞘，只待她揮手一指，就刺向吸血魔。

——一擊必須即中，刺穿他的咽喉，讓他斃命。

就在她要出手之際，她看見一道黑色的身影掠過樹間，停在樹洞旁的大樹之上。他揮揮手，示意她不要輕舉妄動。她定定神，赫然發現是負責搜尋另一面的克遜。

她點頭，不過右手已戟指成劍，按著鬼道的劍身。

「你咬我吧，叔叔。你不要傷害他們。」

溫妮雅緊緊瞪著吸血魔，嚴防他有異動。

突然小珍發覺了不妥的地方，回頭就看見躡手躡腳的溫妮雅。

溫妮雅立即做了一個噤聲的手勢，可是小珍全然不察覺，只見她的眼珠放大，駭然地看著溫妮雅，然後張口大叫：「不要！」

吸血魔立即睜開雙眼，瞪視著溫妮雅。

溫妮雅右手往前一伸，鬼道猛然飛了出去。

「住手。」克遜擲出大日寶刀，剛好打在鬼道劍之上。

鬼道「噹」的一聲被打在地上，一切實在來得太快，溫妮雅還未反應過來，吸血魔已然向她撲去。

不過，跟昨夜廣場上的情況相同，這頭吸血魔也只是一個幻影，與溫妮雅的身子交疊之後，就穿過了她的身體。

溫妮雅回身，右掌一揮，大喝一聲「散」，打在吸血魔的身上。

果然吸血魔的身影漸漸散開，消失在樹林之中。

「這是什麼一回事？」溫妮雅望著克遜。

「我居高臨下，發現這頭吸血魔像早已死去一樣。」

「我不是指這件事。」

「什麼事？」

「吸血魔為什麼在這裡出現呢？」

克遜說：「我也不知道原因，但有一件事可以肯定，這個結界是為了保護小珍而創造出來的。」

「保護她？」溫妮雅看著小珍，感到難以置信。

克遜問：「小珍，你不要害怕。你是在這裡發現叔叔嗎？」

小珍露出驚懼之色，顯然在她的心靈裡，克遜、溫妮雅比吸血魔還要可怕。

克遜伸手去山洞，想抱小珍出來。

「你不要胡來，會傷害到她。」溫妮雅叮囑說。

突然，幾道吸血魔的身影自克遜身旁的地面鑽出來。

克遜聳聳肩，說：「這種把戲對我完全無效。」

他連手也不揮，任由幾頭吸血魔揮手打在自己的身上。只不過是幾個幻影，他完全不放在眼內。

「你不是會吸血嗎？」

克遜說完，一頭吸血魔竟然真的張開口，露出一對獠牙，往他的頸上咬過去。

當然，咬克遜的吸血魔也是一個幻影，毫無殺傷力。克遜吸了一口氣，大叫一聲「破」，所有的吸血魔頓時在他們的眼底消失。

「你果然聽得懂我的話。」克遜瞪著小珍，又說，「你對叔叔好，所以他才保護你嗎？放心，我們不會傷害你。」

小珍依然木無表情，不說一句話。

溫妮雅走了過去，輕聲說：「小珍，我帶你去見哥哥，還有爸爸媽媽。」

「哥哥、爸爸、媽媽……」小珍的面容登時放鬆下來。

溫妮雅拖著她的手，轉身對克遜說：「她年紀還小，我們不要迫她。可以嗎？」

克遜點點頭，說：「你們先回去。」

溫妮雅不明白克遜的用意，只好帶著小珍離開。

克遜待二人離開後，拔出大日寶刀，深深吸了口氣。一道勁風立即自他身上散發出來，他舞著大刀自轉，形成一道旋風——「風之旋渦」，把四周的枯葉都吹走了。

過了一會兒，他放下了刀，走近樹洞，不住觀察地上和樹上的痕跡，臉上卻帶點兒不滿，似乎是找不到他要找的東西。

克遜回到禮堂的時候，喬亞已經醒來了，經過一陣子的休息，他的臉色已經紅潤起來。他與阿芙拉在聊天，溫妮雅則伴著小珍與小愚，坐在一旁。他們都在等他，似乎是到了要下重大決定的時刻。

小珍看見了克遜，想起剛才的情景，立時躲到溫妮雅的背後，不敢看他。

克遜沒有理會小珍，只拍了拍喬亞的肩膀，問：「小弟，睡夠了嗎？」

「你猜我是誰，我是天天跟你一起練功的小弟，身體非常強壯。」喬亞說。

「這樣子就好了。」克遜說。

「你有什麼發現呢？」喬亞問。

「在發現小珍的地方，沒有看到爪痕。看來吸血魔跟我們發現的屍體關連不大。」克遜說。

溫妮雅恍然大悟，原來克遜跟阿芙拉一樣，都懷疑一切跟昨天的屍體有關。

「小珍回來後就再沒有說起吸血魔的事。」阿芙拉說，「不過我的看法跟你差不多，結界的出現全是為了保護她。」

克遜說：「沒錯，只要她有危險，吸血魔就會出現。昨夜如此，剛才也如此。相信之前在村長面前現身也是這個原因。」

「但那頭吸血魔懂得說話。」阿芙拉說。

「這當中只有兩個原因，」喬亞接著說，「第一，那是吸血魔真身，他說完這句話後，就離開了結界；第二，是尼奧村長幻想吸血魔如此說。」

「幻想，這有可能嗎？」克遜問。

「恐懼能夠蓋過一切理智。」喬亞說。

阿芙拉也附和說：「當時村長是在半夢半醒的狀態。」

克遜點點頭，想想也是有理。人在恐懼時，真的可能會把敵人想得更巨大。

阿芙拉擦了擦眉心：「我們到外面再說。」

克遜與喬亞對望一眼，知道阿芙拉每次觸碰眉心，就必定在想很重要的事，二話不說就跟了阿芙拉出外。

「到底什麼事呢？」克遜離開禮堂即問。

「小珍的傷勢很古怪。」阿芙拉又說，「似被人用刺針狠狠地刺過腹部。」

「你知道是何人所為？」克遜問。

阿芙拉的眼神落在喬亞的臉上，喬亞指了指自己，驚懼地說：「是我嗎？」

「或許是溫妮雅。」阿芙拉回望著禮堂的正門。

喬亞一臉震驚，自己何曾跟溫妮雅聯過手，而且還是對付一個小女孩。不要說自己，溫妮雅這麼疼愛他們，絕對不可能下手的。喬亞連忙說：「絕對不可能是她。」

阿芙拉暗想若換了一天前，喬亞一定認為溫妮雅相當可疑，可是當下卻為她辯解，果然世事都難以預料。她說：「這可能只是我的瞎猜，你記得你們昨夜做過什麼事嗎？」

「我們……我小睡之前不是已經……」喬亞突然住口不說。

「你該猜到了。」阿芙拉說。

克遜疑惑地看著二人，說：「你們是不是忘記了我這個師兄呢？」

喬亞深深吸了口氣，說：「這個結界就是小珍的身體，我們刺穿了結界，就是刺穿了她的身體。你是這樣子想嗎？」

阿芙拉頷首，說：「我找不到有人會這樣子傷害一個小孩子，而且從種種跡象顯示，結界是為了保護她而設。我對結界的認識不深，說不定要創造結界，是需要人的身體為觸媒。吸血魔既然要保護她，沒有比用她的身體作為觸媒更佳。」

克遜說：「你說得頗有理，但結界就是小珍的身體，這之間的聯繫就只有一道傷口，關連頗薄弱。」

「因此我才說可能是胡扯瞎猜。」阿芙拉說。

「如果想知道真相，看來只有一個方法。」喬亞深深吸了口氣，高舉黑龍劍，一頭巨大的黑色飛鳥登時自劍身飛了出來。這頭飛鳥相當巨大，比用黑龍劍變出來的黑龍身型還要龐大一倍。

「小弟！」克遜與阿芙拉齊聲喝斥。

第八章　破界

吸血魔的幻影只會在保護小珍時才出現，
換句話說，若要迫幻影出現，
就要主動「傷害」這個小女孩嗎？

喬亞掩著雙耳，說：「你們說得太大聲啊，不用太緊張。」

「你為什麼不愛惜身體呢？」阿芙拉皺眉說。

「要帶著你們和小珍前往，不巨大一點又怎樣載著這麼多人呢？」喬亞說。

「但這實在太巨大，而且還有那四隻螢火蟲。」阿芙拉擔心地說。

「你們放心，牠雖然比黑龍巨大，但牠完全沒有攻擊力，我操控起來不是太費勁。」

喬亞說，「因此師兄怎樣都要去，若遇到真正的吸血魔，我應該沒有力量與之比拼。」

克遜拍拍刀背，說：「你這算是躲懶嗎？」

阿芙拉知道這個小弟心意已決，是絕對阻止不到。他們只能爽快行事，讓他可以早點收回所有聖獸。

她仍然記得，喬亞當日為了逗自己歡喜，在沒有任何觸媒下，手心生出了一隻小相思。他們三人看著小相思高飛，既興奮也同時升起一陣唏噓。興奮的當然是因為喬亞突然會這種術式，唏噓的則是他們像親眼目睹小相思要魂歸天國一樣。

正當克遜想告訴師父的時候，小相思突然像被一物擊中，立時化成一團黑氣，迅速飛回喬亞的掌心。克遜回望，看見師父左手朝天舉起，顯然小相思是被他用勁力打散了。

「你們身為師兄師姐，為什麼不照顧小弟呢？」師父捻著長鬚，走了出來。

「為什麼要照顧他？」克遜疑惑地問，「師父，這到底是什麼一回事呢？」

師父呼了口氣，望了望阿芙拉。

阿芙拉擦擦眉心，想了一會兒，才說：「難道這是小弟用生命能量，製造出來的聖獸？」

「幻獸術？」克遜記得師父曾經說過這種術式，想不到眼前這個只有十歲的小弟竟然懂得。

喬亞茫然地看著掌心，完全不理解剛剛是什麼一回事，更加不明白師父他們在說什麼。

——幻獸術？生命能量？聖獸？

「既然已經知道了，就該明白剛才的是什麼吧！倘若那隻小相思沒法回到小弟的體內，他的生命能量就會在不知不覺間消耗掉。像剛才那小相思的體型，他可能要睡五天才能復原。但如果再龐大點，或再多幾隻，一旦沒法回到他的體內，他可能就有生命危險。」

——生命危險！

克遜知道喬亞外冷內熱，當他看到那群沒有了父母的小孩子時，定是想起了自己的過去，不但非常同情他們，也渴望自己能夠多盡一點力。不過也不可以如此，他每次放出的聖獸都是可控制能力的邊緣。只要再多一隻，或者被對方吞噬了生命能量，他所受的傷害一定很大。

——這根本就像玩火，只要過了火，就會燒傷自己。

他和阿芙拉的心思都是一樣，就是行事爽快點，讓小弟可以盡快休息。

因此當阿芙拉領著溫妮雅三人走出來的時候，克遜指了指大鳥的背部，沉聲說道：

「我們立即上去。」

「這隻飛鳥很巨大……牠叫什麼名字……」小愚嚇得合不上嘴巴。

喬亞說：「牠叫鵬，是傳說的神鳥。你們想坐嗎？」

小愚正要點頭，卻見克遜瞪視自己，他不知道發生什麼事，只好不再說話。

溫妮雅鑑貌辨色，已知道克遜的目的，即說：「我想坐。小珍，你想嗎？」

小珍看了看鵬，又看了看喬亞，就又伏在溫妮雅的身上不再說話。

「我們一起去，去找你們的爸爸媽媽。」溫妮雅說完，輕輕一躍，站在鵬的背上。

「我們也去！」克遜揪著小愚的衣領，也躍了上去。

然後是阿芙拉、喬亞，一共六人。

溫妮雅坐了下來，徐徐回頭看著喬亞，暗想昨天的黑龍已算巨大，但這隻鵬還要比牠大上一倍，而且他還放了四隻螢火蟲。

——他到底是怎樣練成這種「幻劍術」呢？

「師父，放心吧！我以後不會再讓小弟使出這種危險的術式。」克遜聽得「生命危險」四字，立即挺直身子說。

「不，他能夠憑空製造聖獸，應該不是偶然之事。只要他念頭一轉，今後隨時隨刻都可以製造聖獸。」師父問，「喬亞，是嗎？」

「我也不知道。」喬亞茫然地搖頭。

阿芙拉即問：「你試試看，我想要隻小白兔。」

「小白兔？」喬亞瞇起雙眼，雙手合十。過了一會兒，他打開雙手，一隻兔子立時跌在地上。不過當然牠像立體剪影多一點，渾身黑色，絕對稱不上是「白」兔吧！

「你可以收回牠。」師父說。

「收？」喬亞伸手貼近兔子，可是任他如何費勁，也無法將牠收回體內。

「怎會這樣子呢？」克遜說。

「小弟只能發，而不能收，是不是就像射箭一樣呢？」阿芙拉說。

師父走到喬亞身前，輕輕一揮手，一道勁風自掌上排出來，直襲向兔子。兔子受力後即散開，化成一道黑煙，潛回喬亞的體內。

「阿芙拉，你的比喻挺不錯。」師父又說，「你們也看到了，他就是有隨時生出聖獸的能耐，不過仍然未能做到收發自如，而且現在的聖獸就像一道剪影，未算是一隻真正的生物。可以給師父製造一頭大象嗎？」

喬亞聽完，又再雙手合十，可是當他打開雙手的時候，沒有任何動物走出來。

「喬亞，從今天開始，我們三人輪流看著你。我會教你運用這種能力的方法，而你倆一見到聖獸，就要捉住牠，然後盡快讓牠回去喬亞的身體內。」

喬亞面如死灰，不知道在想什麼。

克遜搭著他的肩膀，說：「小弟，有師兄在這裡，不用擔心！」

阿芙拉卻說：「你要記住，要變也不能變醜陋的東西。」

喬亞愕然地看著阿芙拉。

「譬如蛇、蝙蝠……」阿芙拉按著嘴巴，「你當作沒有聽過。」

克遜看見阿芙拉一臉驚慌的面容，忍不住笑著說：「原來你怕這些小動物。」

阿芙拉鼓起腮子，說：「還有，不要變出你的大師兄。不，變成後讓我用水之精靈把他沖走也挺有趣。」

「他當然變不到我，我又不是動物。」克遜詐作大怒，「阿芙拉，你竟然說我是醜陋的東西？你忘記了我是你的師兄嗎？」

阿芙拉故意別過了臉不看他。

「你好大膽！」克遜向阿芙拉走去。

阿芙拉隨即大叫：「師父，大師兄欺負我。」

師父不理會他們，逕自說：「喬亞，跟我過來！」

喬亞卻站著不說話，師父覺得奇怪，看了看喬亞，發現他竟然在笑。

克遜和阿芙拉也停下來，回望著喬亞，也開懷地笑。

「到了！」

喬亞的話打斷了克遜的回憶。

克遜等人躍落地面後，喬亞揮揮黑龍劍，大鵬立時回到劍身之內。

阿芙拉看了看溫妮雅，便走向結界之前。

與昨天喬亞二人離開時一樣，天道劍仍然插在結界之上，露出了劍柄和半截劍身。

溫妮雅不知道阿芙拉為什麼要看自己，克遜卻在這時走到她的身旁，悄聲說：「你要仔細留意小珍的反應，我們懷疑小珍就是結界的觸媒。」

溫妮雅臉上登時露出難以置信的神色，不願意相信克遜的話。

突然，小珍渾身一震，喊了一聲「痛」。

小愚立即走了過來，安慰她說：「妹妹，不要怕，我們很快就見到爸爸媽媽了。」

溫妮雅徐徐地把小珍放在地上，憐惜地看著她。小珍按著腹部，低聲呻吟。

小愚按著妹妹的腹部，向溫妮雅露出不知所措的求助眼神。

溫妮雅沒有看這對小兄妹，一來她不敢看，二來她的眼波已落在阿芙拉的背上。阿芙拉的右手正拿著天道劍，輕輕地扭動。

阿芙拉一動手，小珍就喊痛。反之，她鬆開右手，小珍的臉色就平靜了下來。終於阿芙拉放開天道劍，走到他們的身旁，翻開了小珍的上衣。她的傷口果然又滲出血水，縱使破洞很細，但被「針」刺到還是會很痛的。

「小珍，對不起，要你受苦。」阿芙拉塗出藥膏和止痛藥。

事實已經勝於一切。

「小珍就是這個結界的觸媒，我們破壞結界的話，就會傷害她。」阿芙拉薄怒地說。

溫妮雅問：「那麼我們還可以做什麼呢？」

克遜說：「就是打倒吸血魔！」

溫妮雅質疑地說：「但吸血魔在結界內嗎？我們遇上的都是幻影。」

克遜皺眉說：「就如小弟的聖獸，或多或少需要小弟的力量。」

喬亞立即插嘴：「我不贊成這樣做。」

溫妮雅露出不解的神情，克遜續說：「不斷讓吸血魔的幻影出現，然後不斷消滅他，直至吸血魔身體負荷不來，主動收回結界。」

溫妮雅臉色一沉，看著在哥哥懷中漸漸安靜下來的小珍，終於明白喬亞為何不贊成這個方法。吸血魔的幻影只會在保護小珍時才出現，換句話說，若要迫幻影出現，就要主動「傷害」這個小女孩嗎？她是絕對做不出來，而她亦相信克遜只是這樣提議，不會真的這樣做。

「我也不贊成這方法，那麼我們只有另一條路，就是在真正的世界給予吸血魔重擊。」克遜說。

「但我們都在結界內。」溫妮雅說。

阿芙拉說：「你哥哥不是說過在前頭打點一切嗎？你們應該有留下信息的方法。」

溫妮雅點點頭：「你們猜得沒錯，哥哥和嫂嫂會守在我們的前頭，夏格師兄則在我們的後面。我們會在經過的市鎮、村莊留下記號。」

「那麼他們應該差不多，或許已經知道我們失了蹤吧！」阿芙拉說。

「沒錯。」溫妮雅說，「希望那傢伙的螢火蟲管用，讓他們早點發現天道劍。」

阿芙拉說：「告訴我，你們聯絡的暗號。」

溫妮雅臉色一沉，每個宗派每個師門都有自己的暗號，如果被其他人知道的話，暗號就會失效，甚至會被利用成「反擊」的工具。

阿芙拉續說：「不用告訴我全部暗號。你的名字應該有個代號吧！」

溫妮雅點了點頭，說：「是的。」

阿芙拉說：「你相信我的話，就悄悄告訴我。我會試試跟外面的精靈聯繫，利用『精靈法則』去把你的代號弄出來。艾瑟他們既然已發現失去了你的蹤影，見到代號，也該知道你出了事吧！」

溫妮雅細想這可能是最後的辦法，告訴哥哥和嫂嫂，讓他們去收拾吸血魔。

不過，這內裡還有一個疑問，就是哥哥他們縱使知道她在結界內，卻不大可能知道吸血魔的事，如果他們強行打開結界，小珍非死即重傷。

喬亞搖了搖黑龍劍，過了一會兒，幾個小黑點自小破洞裡擠了進來，再飛進黑龍劍之內。

溫妮雅正想問喬亞為什麼收回螢火蟲的時候，黑龍劍再次飛出了五十多隻小蜻蜓。

「你想幹什麼呢？」溫妮雅好奇地問。

喬亞沒有說話。但那五十多隻小蜻蜓卻突然飛開去，然後再在一點聚集起來，慢慢組成一團。

不，不是一團，而是一個字，是喬亞姓名的第一個字母「J」。

——這真是妙法！

「他們不是偵察型，而是進攻型，我可以完全控制牠們的行動。只要艾瑟他們到了另一面，我就可以讓這些小蜻蜓砌出不同的字。而只要我收回小蜻蜓，我也可以看到牠們所見到的景象和聽到的聲音。雖然這比較費勁，但這應該是唯一的方法吧！」喬亞見小珍定睛地看著小蜻蜓，說：「你喜歡牠們嗎？」

小珍點點頭，喬亞就讓一隻小蜻蜓飛落在她的手上。小珍開懷地笑，像已經忘記痛楚、忘記了吸血魔一樣，笑容很是燦爛。這才是小孩子該有的表情。

「我的代號就是我的兩柄劍，簡單點說，就是交叉。你真的能夠跟外面的精靈溝通嗎？如果不能夠，我們是否要……」溫妮雅想起要傷害小珍，就不敢再說下去。

第九章　界裡界外

溫妮雅雖然看不到，卻能想像喬亞的眼前本來是一個漆黑的世界，靠著小蜻蜓來回折返，這個漆黑的世界終於一小片又一小片亮了起來。

阿芙拉說：「我只是試一試。」

「我們雖然是『大賢者』的徒弟，但不代表凡事都有辦法。昨天我也以為螢火蟲策略可行，但結果是失敗了。不過這方法行不通，就想別的，只要不放棄，我們終可以衝破這個結界。」喬亞說。

克遜說：「放心，我們不會傷害小珍。」

溫妮雅頓時放下心頭大石。

阿芙拉走回結界旁邊，雙手按著那堵無形的牆，不住唸出「精靈法則」的咒語。每位「精靈使」的咒語也不同，通常只會以蚊蚋的聲音唸出來，很少讓人聽到。不過這一次，阿芙拉唸得特別響亮，也特別清晰。

「我『精靈使』阿芙拉跟你們約定，請借我蒼天之海，以施大道之行。」

溫妮雅微感錯愕，她的嫂嫂比尤姬雖然也是「精靈使」，但除了教她的時候外，她從未聽過嫂嫂唸得這麼清楚。比尤姬也叮囑過她，不要讓任何人聽到咒語，倘若對方也是「精靈使」的話，可能會用別的方法阻礙你施法，甚至奪去了你跟精靈的約定。

——她為什麼要這樣做呢？

就在她百思不得其解的時候，她瞟到小珍一直盯著阿芙拉的背影，頓時明白阿芙拉之所以這樣做是想讓小珍安心——阿芙拉的行為不是針對小珍和吸血魔。

跟自己這種半吊子不相同，阿芙拉是不折不扣的「精靈使」，應該可以很輕易跟水之精靈溝通。可是阿芙拉唸了差不多二十次咒語，仍然沒有收穫。

她開始越唸越急，也越唸越輕聲。

「可能她的聲音傳不到過去，又或者那個地方的水資源並不足夠。」克遜說罷，看了看喬亞。

喬亞頷首，蜻蜓立即朝著那細小的洞口飛過去。

溫妮雅不知道喬亞要用多少精力去控制五十多隻小蜻蜓，她只知道自己單單控制天道與鬼道，每次都差不多耗盡所有精力，何況是五十多隻聖獸呢？

喬亞走近阿芙拉身旁，背貼著結界，面朝著克遜、溫妮雅等人坐了下來。他靠著無形的牆，坐得很自在。

但溫妮雅當然明白他的瀟灑是裝出來的，自昨天開始，他就一直在操勞，雖然他曾經小睡了片刻，不過幾乎沒有收回過聖獸。

——他的體力還可以支持多久呢？

喬亞閉上雙眼，沒有說話。

「哥哥在做什麼呢？」小愚問。

「他要去找水源，小蜻蜓要有潔淨的水才能夠生活。」克遜答。

沒錯，蜻蜓是靠著水而生，他們特別喜歡潔淨的水源。

溫妮雅恍然，原來他考慮得這麼周全，放出小蜻蜓的目的是要找水源。但他根本看不見另一個世界發生的事，他是怎樣做到呢？

突然，她瞟到有些蜻蜓回來了。牠們潛回劍後，又有另一些飛了出來，生生不息，不斷循環。

溫妮雅雖然看不到，卻能想像喬亞的眼前本來是一個漆黑的世界，靠著小蜻蜓來回折返，這個漆黑的世界終於一小片又一小片亮了起來。

「這隻也要去嗎？」小珍遞起右手，原來陪她玩耍的小蜻蜓一直停在她的手指上，沒有離開。

克遜向著溫妮雅說：「你昨夜應該沒有怎樣睡過。他倆一時三刻未必有成果，你就去睡一陣子吧！」

溫妮雅搖首：「我還可以支持住。」

克遜說：「小弟今天應該再難以召出大型聖獸，阿芙拉也未必可以跟水之精靈立約。到了要硬拼的時候，我和你要照顧四個人，缺一不可。」

溫妮雅知道他說得有理，也不反駁，走到不遠處的大石旁邊，靠著它休息。不久，克遜就聽到她徐疾有致的呼吸聲。

克遜聳聳肩，暗想她和小弟實在很像，都是如此喜歡逞強。

「哥哥，我們再練習可以嗎？」小愚說。

克遜摸了摸小愚的頭，說：「我們就從昨天的熱身操開始，小珍，你還痛嗎？我們一起來活動！」

「還有牠。」小愚打開了口袋，小松鼠小朗立即爬了出來，迅速走到喬亞的身旁。

喬亞淺淺一笑，說：「小寶貝，你回來了嗎？」

小朗看看喬亞，又跑回小愚的身旁，飛快地爬到他的肩上。

溫妮雅這一覺睡得很香，醒來的時候，疲累差不多盡消，渾身舒暢。她深深吸了口氣，右手朝天一指，鬼道立即脱鞘而去，直飛往天上。

天鬼雙道跟黑龍劍完全相反，渾身潔白，在日光之下，散發出如彩虹一般的七彩光芒。她顯然沒有喬亞的功力，鬼道飛行之時，需要她戟指成劍，手指指向哪處，劍才飛向哪處。

克遜見著，卻沒有輕視她之意。以她十七、八歲的年紀，有此修為，已經很出色。當然，他不會將她跟喬亞比較，這是沒有意思的。喬亞是千年難得的奇才，連師父都不明白他為什麼在沒有任何訓練下，可以用自身的生命能量創造出聖獸。

小愚拍掌大叫：「姐姐很厲害呀！」

溫妮雅右手握拳，鬼道登時自半空落下，剛好插在她的身前。

「這只是雕蟲小技。」溫妮雅問，「情況如何呢？」

克遜淺淺一笑，説：「差不多了。」

「已經找到水之精靈嗎？」溫妮雅大喜。

「你睡得太飽滿了。師姐已經在不同的水域跟水之精靈取得聯繫，不住用水弄出交叉的圖案。相信再過多一陣子，艾瑟他們就能發現。」說話人正是喬亞，他打著呵欠，望著溫妮雅說。

「你們真……」溫妮雅本想說「厲害」，卻見阿芙拉渾身濕透，香汗淋漓，看來她要穿過結界去跟水之精靈立約是件極辛苦的事。她沒有再說下去，這時候說什麼都不重要。

突然，喬亞振奮地說：「你們果然都是國師的好徒弟，這麼快就發現這裡。」

溫妮雅急問：「怎麼了？」

喬亞低頭看著黑龍劍，看著那些不斷往返來回的小蜻蜓，悠然地說：「他們三人都來了。他們發現我們失蹤後，已經在四周尋找，行事果然夠爽快。他們去了美湖村，卻不見任何村民。」

溫妮雅訝異地說：「什麼？」

喬亞輕聲說：「當然了！大人都被吸血魔操縱，小孩子則在結界之內。」

阿芙拉放開貼在無形牆的雙手，呼了口氣，跌在地上。她抹了抹臉上的汗珠，頹然地說：「小弟，餘下的都交給你。」

克遜說：「你快點休息。」

「不！小弟，你剛才說了什麼？」阿芙拉突然瞪大雙眼。

克遜與喬亞甚少看見她這種反應，齊露出疑惑之色。

「他剛才說大人都被操縱，小孩子則在結界之內。」溫妮雅重複說。

阿芙拉擦擦眉心，沒有再說話，陷入沉思之中。她眉頭皺得很緊，似乎在想一件很重要的事情。

看來一時三刻也想不來，克遜對著喬亞說：「他們已經來到另一邊嗎？」

「已經到了。」喬亞說，「艾瑟問我這裡有什麼人，我如實答了他。」

克遜暗想他們運用「精靈法則」、「幻劍術」和「御劍術」，艾瑟必然早就猜到是他們。

「他正在問我發生什麼事，我已經告訴了他們吸血魔和結界的事……他們想嘗試打開結界，但被我阻止了。我叫他們快點去村莊找吸血魔的下落……」

「他說早發現美湖村的異樣，留下了記號叮囑我們繞道，不料我們沒有發現……而且還失了蹤……」

「他們可否說得慢一點……這麼性急，實在於事無補……」

溫妮雅錯愕地看著喬亞，暗想這些細小的蜻蜓真的聽到哥哥他們的話嗎？會否是他創作出來逗她歡喜呢？

喬亞看見她的臉色，已經猜到她在想什麼，指了指自己的口，無聲地說了一句：「你才胡來。」

溫妮雅聳聳肩，終於明白他為什麼聽到哥哥他們的話，原來一切都是看口型，但這準確嗎？

「比尤姬說已通知附近的巡查隊加緊巡察……料不到我們在結界之內，難怪找不到……」

「夏格一臉擔心……怕你受到傷害，不住問你的情況……」

溫妮雅皺眉說：「告訴他一切安好，不用擔心。」便走近無形牆，伸出左手貼了上去。

她雖然出身豪門大族，祖輩父輩都是王國重臣，但她不是那種嬌生慣養的少女，否則也不會跟隨哥哥來找繼任人，兼且被比尤姬指派沿路護送克遜等人。但當下與哥哥和嫂嫂隔了一堵無形的牆，不知道何時才能相見，不免有陣神傷，禁不住按著胸口。

——這感覺很討厭，是什麼一回事呢？

「很快就可以出去，我一定會救你。」喬亞說。

「救我？你自身難保，『幻劍師』。」溫妮雅揶揄說。

喬亞失笑說：「這是夏格的話，不是我。」

溫妮雅頓時以笑掩飾一臉的尷尬。

「我現在告訴他們吸血魔的外形。」喬亞說著，斜目睨視著小珍。小珍先看看他，再看看小蜻蜓，沒有任何反應。

「看來她沒有遇到危險，吸血魔的幻影是不會出現的。」克遜說。

「我想知道一件事，就是吸血魔的幻影是否能穿過結界，可惜他應該不會出現。」

喬亞突然口風一轉，「這樣子對小珍比較好。」

溫妮雅當然明白克遜和喬亞所指，只要他們威嚇小珍，吸血魔的幻影就會出現，不過他們都不忍心如此對待一個小女孩。

「他們要走了。」喬亞說。

「等一會兒。」是阿芙拉的話。

「什麼事？」克遜問。

阿芙拉垂下按著眉頭的右手，說道：「如果大人都被控制，吸血魔為什麼要製造這個結界呢？」

四人面面相覷，目光都落在小珍的臉上。

小珍依然是一臉無邪，沒有任何特別。

溫妮雅說：「二王子，你記得昨天她說過什麼嗎？」

「咬她？」克遜臉色一沉，急問小愚：「自從小珍帶鬼武者回來後，她有沒有任何異樣呢？」

小愚瞇起左眼，想了好一會兒才說：「妹妹好像多吃了東西，我記起了，媽媽有一天突然拉著爸爸的衣角，悄悄地說妹妹再這樣子吃下去，早晚會……什麼呢？我不大記得，只記得好像說……送妹妹去哪兒？我不記得去哪兒。」

「是醫療館嗎？」阿芙拉猜測。

小愚搖頭。

「是法術館嗎？」溫妮雅問。

「是的，我記起了，爸爸媽媽說要帶她到法術館，叔叔卻很生氣，說要帶妹妹走。」小愚按著兩額，坐了在地上，神情慌張，「然後……叔叔就咬了媽媽，爸爸就帶著我們走出去……」

阿芙拉走近小珍，悄聲說：「你喜歡小蜻蜓嗎？」

小珍抬頭看著她，一臉稚色：「很喜歡。」

阿芙拉說：「起來，我們去找更多的小蜻蜓。」

小珍站了起來，阿芙拉乘時翻開她的衣領，臉色頓時一變，小珍的頸項竟然有兩個小洞，似是被莫明其妙的牙齒咬到。

溫妮雅也走了過去，也看見那兩個小洞，嚇得目瞪口呆，回頭看了看喬亞。她不知道自己為什麼在這個時候要看他，但看到他之後，心就有了踏實的感覺，驚訝之心減掉了大半。

「發生什麼事呢？」小愚要走到小珍的身旁。

克遜再次揪起小愚的衣領，說：「沒有事。」

「我不相信……妹妹是否有什麼問題呢？」小愚大叫。

克遜沒有理會他，把他帶到一大石後。

小愚不住掙扎：「我要陪著妹妹。」

「哥哥！」小珍突然瞪大雙目，近乎尖叫地說。

站在她身旁的阿芙拉、溫妮雅同時感到一陣暈眩，這種力量絕對不是一個小孩子該有的。

「不用怕，我們帶你哥哥去見爸爸媽媽。」克遜說。

「我也要去。」小珍說完，卻沒有走上前。

她的目光有點呆滯，掃視著各人，似乎發現了大家怪異又不友善的目光。

突然，一道黑影自地底冒了出來。

然後又一道，再然後是另一道，一道接一道，不久，從地底鑽出了十多頭吸血魔，他們猙獰露齒，模樣十分可怕。

克遜大叫一聲，打在其中一頭吸血魔身上，吸血魔頓時化成輕煙，果然是幻影。

不用說，其他吸血魔也是幻影，不消一刻已經被「消滅」了一半。

「另一邊也有吸血魔。」喬亞突然說道。

第十章　大戰吸血魔

跟之前的幻影極不相同的是，
這吸血魔予人一份傲視天下的感覺，
彷彿他腳下的所有人都該死。

「什麼？是真的吸血魔嗎？」克遜震驚地說。

「不是。」喬亞搖頭，「也是幻影。」

阿芙拉呼了口氣，說：「看來結界和所有幻影都是小珍製造出來，因此才可以讓吸血魔在另一端出現。」

四人面面相覷，都不知道下一步該怎樣做。

小珍雖然被吸血魔咬了，但她只不過是小孩子，而且她只是想保護自己和其他小孩子才製造出結界。他們怎麼可以傷害她呢？

「她真可憐，連自己做了什麼也不知道。」溫妮雅憐惜地看著小珍。

「你真心軟。」喬亞揶揄說。

「你不會是想傷害她吧？」溫妮雅冷然說。

「我只是說你，沒有說我們不一樣。」喬亞又說，「不過這也好，讓你哥哥可以親眼看看吸血魔的模樣，更方便展開搜索。」

溫妮雅瞪了喬亞一眼，慢慢地走近小珍，說：「小珍不用怕，你可否打開結界，我們一起去找你的爸爸媽媽。」

小珍惶惑地看著溫妮雅，顯然不知道結界是什麼一回事。

阿芙拉說：「如果她能隨意打開結界，應該早在想找爸爸媽媽、吸血魔的時候，就已經打開了。」

溫妮雅想想也覺有理，正想帶她走近結界的時候，喬亞卻大叫：「不要動。」

「什麼？」克遜問。

「他來了。」喬亞說。

「在哪裡？誰來了？」克遜急問。

「是真身，還有很多村民。」喬亞迅速站了起來。

克遜、阿芙拉掃視著四周，卻不見任何身影。

——難道？

「在哥哥他們那邊？」溫妮雅驚懼地說。

「他應該是感到小珍的力量才前來的。」阿芙拉猜測。

喬亞沒有說話，但眉頭越皺越緊，顯然另一端的情勢相當危急。

「怎麼了？」溫妮雅擔心地問。

喬亞看了看阿芙拉，說：「保護小珍。」

——保護她？

溫妮雅還未弄清楚是什麼一回事，阿芙拉已從後抱著小珍，說：「你不要怕，很快就會見到叔叔。」

聽到叔叔二字，小珍的眼神登時亮了起來，閃出青色的光芒，一種不屬於人的眼色。

陣陣黑煙從另一端飛了回來，迅速回到黑龍劍身上。

克遜即說：「不要勉強。」

喬亞點點頭，卻雙手緊握著黑龍劍，向著克遜和溫妮雅說：「一會兒的事交給你們！收劍！」

溫妮雅隱約已猜到他想做什麼，左手一揮，扭動劍訣，天道立時飛退，回到她的手中。

說時遲，那時快，黑龍劍已填上天道的位置，插向那個破洞。黑龍劍的劍身比天道粗得多，如果結界是聯繫著小珍的身體的話，那麼這一劍豈不是硬生生地把她刺傷？

溫妮雅一看，果然看見小珍臉色蒼白，不住顫抖。

她痛心地說：「你怎可以……」

克遜按了按她的肩膀，說：「那邊的狀況一定不是太好。」

溫妮雅明白克遜的意思，以喬亞的心思，竟然也只想到這種方法，可見哥哥他們甫交手，已經落於下風。

她很想叫喬亞說出另一邊的狀況，但是她又很怕聽到，她怕聽到哥哥遇害、嫂嫂受傷的消息。

——如果我的能耐可以再大一點……怎麼又是這種討厭的感覺，哥哥、嫂嫂、師兄，你們要支撐著。

溫妮雅看著天道與鬼道，無力感迅速填滿了胸口，非常不好受。

喬亞大叫一聲，虛脫地跪在地上。

溫妮雅卻不見黑龍劍的蹤影，立即大叫：「你又放出黑龍？」

喬亞沒有說話，只是微微地點頭，一副豁出去的神情。

克遜緊握著大日寶刀，準備結界一打開就衝過去對付吸血魔。

喬亞跪在地上，低聲說：「那傢伙實在太可怕，夏格連五招也抵擋不到。」

溫妮雅震驚地說：「他沒有使用『幻體術』嗎？他的個子沒有變大嗎？」

喬亞呼了口氣，說：「他已經盡力了。」

克遜曾經與夏格硬拚了一招，知道他的實力不會如此不濟，暗想喬亞如此坦白說出來，不是要讓溫妮雅擔心，而是希望他倆對敵時，千萬不要大意。

「你騙我的，你不是說看不見東西嗎？」溫妮雅急得連眼淚也流了出來，說話也開始語無倫次。

克遜嘆道：「黑龍與小弟心意相通，他倆可以說是異體同心，黑龍看見的他也能看見。」

溫妮雅當然明白這頭黑龍跟其他聖獸不大相同，否則也不會在召喚時連黑龍劍也消失，她只是不想相信夏格已然遇害。她乏力地說：「哥哥、嫂嫂怎樣呢？」

「比尤姬製造出護土牆，護著夏格，擋住了吸血魔大部分攻勢。你哥哥練的是什麼功夫？他披著一件金屬戰衣。」喬亞說完，並沒有站起來。

「那傢伙的力量很大，大家小心點……」

喬亞還沒有說完，一聲如旱天雷的巨響自天上傳來，嚇得小愚急忙按著耳朵。

「小弟，不要勉強。」克遜急忙說。

喬亞拭了拭嘴角的血，說：「我不要緊，黑龍還可以支持住。」

——支持住？

克遜回身走到阿芙拉和小珍的身前，說：「你看看喬亞哥哥的身後，那不是你的爸爸媽媽嗎？」

小愚聽完，露出興奮的神情，可是在喬亞的身後，什麼都沒有。

小珍卻瞇起眼睛，說：「那不是我爸爸媽媽，是當度叔叔和朱兒嬸嬸。」

小愚擦擦眼睛說：「怎麼我看不到呢？」

「你看看天上，是不是你的叔叔？」喬亞突然插嘴。

小珍抬頭，說：「是叔叔，你們不要傷害叔叔。」

喬亞深深吸了口氣，猛然站了起來，朝天噴了一口鮮血。

「小弟，快點收回黑龍。」阿芙拉抱著小珍，擔心地說。

「還差少許。」喬亞緊緊握著拳頭，狀甚痛苦地說，「你叔叔一失手，就會咬你的爸爸媽媽。你要早點打開結界讓我們出去。」

小珍抬頭看著一望無際的天空，喃喃地說：「叔叔，你放過爸爸媽媽，我讓你咬我的肉，吸我的血……」

溫妮雅看著只得幾朵白雲飄過的天空，很難相信另一個世界裡竟然發生惡戰。而此戰的兩名主角之一，就是已接近昏迷的喬亞，和要救助小珍的吸血魔。

她看著弱小的小珍，禁不住問自己：「她真的弱小嗎？她能夠製造出結界，相信窮我一生的精力，也學不來這種術式。」

溫妮雅走近喬亞，蹲在他的身旁。此刻，她跟克遜、阿芙拉都一樣，沒有任何辦法幫助他，她唯一可以做的就是陪著他。

——你一定要打敗吸血魔，哥哥與嫂嫂要靠你了。

喬亞已經不再講艾瑟他們的消息，看來不是他已經瀕臨極限，就是那邊的情況惡劣得他不敢說出來。

突然喬亞朝天大叫：「小珍，你還不收回結界，連你的叔叔也會遇害！」

小珍聽完，渾身劇烈地顫抖。

喬亞叫喊完，偏頭看了看溫妮雅，說了一聲：「對不起！」

——對不起？為什麼你要道歉呢？該說對不起的是我。你已經做得很好，是我一輩子都做不到的事。

「餘下的就交給你們。」喬亞遞出右手。

溫妮雅不自覺地也伸出右手，緊緊地握著對方。

一陣暖流自喬亞掌心傳了過來，溫妮雅立時驚呼：「不要，這是你的生命能量……」

她沒有再說下去，因為喬亞早已失去知覺，往旁邊跌去。

溫妮雅連忙摟著他，不讓他跌倒。這個跟自己同年，卻威風八面的「幻劍師」竟然如此輕易就暈倒，那吸血魔到底有多強大呢？

——交給我有什麼用？我又不能控制黑龍，我唯一可以做的是……

溫妮雅深深吸了口氣，戟指成劍，朝天舉起，天道鬼道同時飛出，說：「小珍，對不起！」

此刻能夠穿過結界的，就只有自己的雙劍。

「等一會兒。」克遜才喊完，天上又傳來巨響，不過這一次與早前的都不相同，巨響之後，一道龐大的黑影突然自半空出現，赫然是喬亞的最強聖獸——黑龍。

小珍終於察覺到不妥，主動打開了結界。

黑龍失去了喬亞的操縱，也失去了力量和知覺，還未跌在地上，已經還原成黑龍劍。

溫妮雅本想去接住它，但她的心神已經被另一生物吸引住，完全不可能有別的反應。

隨著黑龍劍跌下來，一道黑影也在半空顯現。這人頭髮蓬鬆，面目猙獰，身披黑色斗蓬，不是吸血魔又會是誰呢？

跟之前的幻影極不相同的是，這吸血魔予人一份傲視天下的感覺，彷彿他腳下的所有人都該死。

「真身果然是真身！」克遜說完，大日寶刀已然出鞘。

溫妮雅正要把喬亞扶過一旁，好讓自己加入戰團之際，突然覺得有幾道眼神看著自己，放眼一看，竟然看見哥哥、嫂嫂和師兄，他們正被過百名村民圍困，動彈不得。

——結界終於打開了。但外面的世界果然如喬亞所言，比結界之內恐怖得多。

艾瑟自恃一身鋼甲，不住揮舞雙手，擋下村民大部分的攻擊。比尤姬則不斷施展「精靈法則」，建起城牆和高台，阻擋村民的前進。不過村民人多勢眾，不一會兒已經爬過了高台。

至於夏格，早已經昏迷過去，躺在比尤姬的身旁。溫妮雅看著師兄，心底冒起一陣寒意，固然他暈倒後，已經再不能使用「幻體術」，個子一下子打回原形，不過最讓她心痛的是他那強而有力的右手竟然沒有了。

——是被吸血魔砍掉嗎？

夏格在國師的四名徒弟中，資質最差，不過卻是最勤力的。國師本來不想收他為徒，可是被他的恒心打動了，就決定教他「幻體術」和「雷霆斧勢」。他也不辜負師父的心意，天天勤力苦練，終於把兩者融會貫通。本來矮小的他，只要施法，就可以把身子倍化，變成比克遜還要巨大的大個子，運起斧頭來，也勢如破竹。

「王國裡，應該沒有多少人可以抵得住你的全力一擊。」國師拍了拍他的右臂。

自此，夏格更落力投入練習，術式練得更熟，力量亦變得更巨大。果然他苦練的成果沒有白費，前幾天一試，竟然可以與「第三刃」克遜王子硬拚，全然沒有落入下風。

溫妮雅心裡痛極，當時就應該好好稱讚他，現在再說也沒有用了。

「妹妹，你沒有受傷嗎？」是艾瑟的聲音。

溫妮雅已經沒有餘閒答他，她徐徐放下喬亞的身體，站了起來，揮舞雙手，天鬼雙道登時圍著她的身體快速飛行。

——我一定要擊敗他！

吸血魔人在半空，冷冷的目光罩著眾人，似在說你們這些下等人類，就是注定要被我操縱，求生不得，求死不能。

克遜心裡明白，他們這幾年對付過的壞人和妖物都沒有一個能比得上眼前的吸血魔。

——「八大惡」果然名不虛傳！

「小珍！」吸血魔叫了一聲，擺了擺斗蓬，竟然不用借力，在半空移了移位，直飛向小珍和阿芙拉。

——糟了，阿芙拉的「精靈法則」尚未恢復！

克遜大叫一聲，大日寶刀朝天一揮，刀光立時脫刀而出，砍向半空的吸血魔。

溫妮雅見識過克遜的「大日刀法」，只是一擊就可以把他們四人震懾，信心登時提升了不少，吸了口氣，揮動右手。天鬼雙道立時往吸血魔的斗蓬飛去，攻向他的身後。

吸血魔前後受襲，只見他擺了擺斗蓬，生出了一道旋勁，把刀光和兩柄幼劍都擋開了。

刀光飛上半空，良久才消散。

幼劍則被他打得飛至老遠，溫妮雅暗叫不妙，飛得太遠了，不是她能控制的距離。她正想奔過去匯合天鬼雙道之時，一種奇妙的感覺油然而生。

她擺動右手，兩柄劍竟然在半空拐了個彎，飛回她的身旁。

——這是前所未有的事。難道……是喬亞的生命能量引發出來的法力？

她禁不住回頭看了看躺在地上的喬亞，生起感激之心。但現在哪是感動的時候，吸血魔已經越來越接近小珍。

他的速度實在太快，克遜已經沒有空間再打出刀光，只好提刀迎了上去。經喬亞的提醒，克遜不敢再有保留，凜然向吸血魔揮出最凜冽的一擊。

第十一章 共鳴

她只有一件事可以肯定，
小珍和吸血魔之間有種聯繫，
否則吸血魔不會單憑小珍製造出他的分身，
就懂得來這裡找小珍。

克遜雙手握刀，躍身而起，向著吸血魔頭頂砍過去。

刀風過處，颯颯作響。

吸血魔也只能停下來抵擋，兩掌向前一推，迎上了刀刃。

掌刀交合，一人一惡都沒有退開。克遜立即變招，連砍三刀。

吸血魔揮掌相向，接了他的三刀。

「夫人，保護二王子。」艾瑟猛地大叫。

比尤姬心想縱使不是要保護二王子，也要來一招擒賊先擒王。其實她一直尋找機會施法，不過吸血魔的動作實在太快，以土之精靈的速度不大可能擋下他。

終於等到吸血魔停了下來，比尤姬立時雙手合十，說出「土足之法」的咒語。吸血魔腳下的泥土登時像有生命般生出兩條觸鬚，纏著他的雙足。

艾瑟說：「妙得很。」他放下村民，撲向吸血魔。

就如喬亞所說，本來用斗篷包裹著身體的艾瑟，如今已換上戰甲，把整個人都藏了起來，只露出一雙眼睛。

與夏格的「幻體術」相似，艾瑟也是強化身體，不同的是他的「幻甲術」是把天下萬物化為自己的戰甲，令自己不受到任何傷害，再闖入敵陣，攻擊對方。

誰也抵擋不住這種不要命的術式，可是這次不同了，吸血魔不但抵擋得住，還一掌打在他的肩上，把他的銅甲打碎了，切膚之痛立時滲入骨髓。

——這傢伙實在太厲害，難怪師弟連十招也撐不過，要怎樣才可以全身而退呢？

艾瑟臉色慘白，已不再去想勝算。

「哥哥！」溫妮雅的雙劍同時飛至，直刺向吸血魔的前臂。可是吸血魔的皮肉硬如鐵石，無論天道，還是鬼道，也不能刺傷他。不過溫妮雅沒有放棄，雙劍不斷來回飛行，狂刺向他的右手。

克遜也不斷揮動大日寶刀，狂攻向吸血魔的左手。還有，比尤姬的「土之精靈法則」，以堅土纏著吸血魔的雙腿。

「哥哥，快點退開。」溫妮雅大叫。

艾瑟看見各人的奮戰，竟然沒有退開，雙手一伸，握著天道與鬼道。

當溫妮雅以為他要砍殺之際，兩柄幼劍竟然變形，由劍尖位置開始擴散開去。

──「幻甲術」？哥哥要做什麼呢？

溫妮雅錯愕不已，不明白哥哥為何要把自己的雙劍變成戰甲，他的身上不是已經穿了黃銅之甲嗎？他要以新的戰甲取代舊的嗎？不，這根本阻擋不了吸血魔。

突然，艾瑟兩手一推，把未成型的戰甲往吸血魔的頭上罩去。雙劍戰甲甫接觸吸血魔的頂門，立即散開，往他的臉上爬去，漸漸有了頭盔的形狀。

──他要保護吸血魔，還是……

克遜微感愕然，但仍相信艾瑟不會做出不利他們之事。果然，頭盔雖然成了形，卻沒有眼罩的部分，與其說是頭盔，不如說是一個銀瓶子。

艾瑟竟然把一個銀瓶子套在吸血魔的頭上，而且那瓶子還慢慢向內收縮，擠壓出吸血魔的臉部輪廓。

克遜暗叫了一聲好，不論是什麼生物，都需要呼吸，只要令他不能呼吸，刀槍不入又如何。

吸血魔想伸手去拉扯頭罩，但克遜怎會如他所願，深深吸了口氣，使用全力，登時一身雙影，不斷揮刀砍向吸血魔的雙臂。

吸血魔的面容漸漸扭曲，差不多已經到了極限吧！

——成了！

克遜、艾瑟、溫妮雅和比尤姬四人都看到了曙光，可是有一人卻由始至終都沒有鬆懈，不敢樂觀，那就是阿芙拉，她一直抱著小珍不敢移動半分。

她充分感受到小珍身上的變化，自從見到吸血魔之後，小珍就一直顫抖，她不敢肯定小珍是懼怕吸血魔，還是激動。

她只有一件事可以肯定，小珍和吸血魔之間有種聯繫，否則吸血魔不會單憑小珍製造出他的分身，就懂得來這裡找小珍。

——是共鳴？還是羈絆？到底他倆之間的聯繫是什麼呢？

突然，她感到小珍渾身發熱，燙得她的兩手也受不住，她卻沒有鬆手，而是把雙手合十結印，施展「精靈法則」——「水藏之術」，地下水立時從她們的身下湧現，緊緊包圍著她們。

她這樣做的目的很明顯，既然不能放手，就利用清涼的地下水降溫，可是才一下子，她就知道這方法行不通。小珍的身體實在太熱，熱得地下水甫觸碰到她的身子，已經蒸發了，升起陣陣白煙。

——太熱了！

阿芙拉只好鬆開抱著小珍的手，小珍立時從她的懷中逃脫，撲向吸血魔。

吸血魔雙目被銀甲包圍，理應看不到發生什麼事，可是他像感應到小珍要撲過來，朝天大叫一聲，竟然只憑下顎的舒展，就硬生生地把頭罩扯開。

他乘時雙手往前轟去，打在大日寶刀上，這一次是純力道的對抗，連夏格、黑龍也先後敗陣，克遜也不好過，硬拚之後，整個人往後飛退了十多呎才跌在地上。

艾瑟見狀，立即變招，身上的黃銅戰甲竟然脫落，像藤蔓般往吸血魔身上生長過去。

「哥哥，不能夠這樣子！」溫妮雅驚呼。

吸血魔的力量實在太大，沒有武器、戰甲抵擋，人體根本不能承受普通一擊。溫妮雅想救哥哥，但天道、鬼道雙劍早已經被哥哥化為戰甲，她根本沒有劍可以操控。除非……

她眼角瞟到一件武器，可是半點也不高興，那是她控制不來的劍，不是由於那柄劍比天道、鬼道闊或重，而是它是喬亞的觸媒，應該與喬亞立了契約，普通人只能把它當作一般兵器使用，沒法「駕馭」。

沒錯，溫妮雅看到的兵器就是黑龍劍，一柄渾身漆黑，藏著無數聖獸的劍。它本來是眾人的希望，可是能夠發揮它威力的劍客已經暈倒了。

現在它只不過是一柄普通的劍，除了渾身漆黑之外，根本什麼也不是。

——不，還有一種方法！哥哥，你要等我！

溫妮雅不知道這方法是否可行，但情勢危急，已沒有時間讓她再想下去，她只好急步跑向黑龍劍。

不過，她好像遲了點，才跑上幾步，吸血魔已經掙脫了兩甲糾纏，回身向著艾瑟的臉門劈過去。

「哥哥！」

溫妮雅感到右手的食指發熱，也不理會是什麼一回事，揮動右手，黑龍劍立時破土而去，直飛向吸血魔。

速度很快，竟然趕得及在吸血魔打出惡招的時候刺向他的心坎。但是吸血魔不是刀槍不入嗎？「御劍術」可以傷害到他嗎？

就在她疑惑之際，黑龍劍漆黑的劍身竟然冒出了三頭聖獸——一條蛇撲向吸血魔的右眼，一頭野狼咬向他的大腿，還有一條嘴巴尖削、她也叫不出名字的魚飛撲向他的心坎，及無數的小蜜蜂……

——小蜜蜂？能夠傷害到他嗎？而且這些蜜蜂比一般的體型還細小……

她未及細想，蛇、野狼和魚都被吸血魔擊潰了，化成黑煙又回到黑龍劍之內。唯獨那些蜜蜂竟然沒有被他打散，更從他的耳、鼻、口飛進他的體內。

——這是什麼打法呢？

溫妮雅很想回頭看看身後的他，但她打消了這個念頭，她需要控制黑龍劍。

就在他站在她身後時，她已經知道他是誰，那隻闊大而溫暖的手，剛剛她才握過，如今又在自己的背後支撐著她，改變整個局面。

「哥哥，退後！」溫妮雅嬌斥。

艾瑟立時往後退開，只瞥了妹妹一眼，就明白她為何能操控黑龍劍和使出聖獸，原因是她背後站著一人。

一個樣子不大起眼，卻一臉無懼的青年，也就是黑龍劍的主人——喬亞。

「你能夠跟小珍溝通，應該明白我的話。你不要動，那些小蜜蜂可以刺穿你的身體，甚或進一步破壞你的器官。你的體內不是刀槍吧，我不想傷害你。」喬亞說。

吸血魔聽完，停止了一切動作，似在思考喬亞的話。

「我們不會把小珍交去法術館。」阿芙拉也接著說。

吸血魔沒有反應，但是本來陷入瘋狂、不斷攻擊比尤姬和夏格的村民都統統垂下了手。他們雖然神情仍有點凶惡，不過看來已經沒有太大的威脅。

「你也最好不要讓小珍胡來。」喬亞叮囑說。

吸血魔看了看小珍，小珍也立即停下腳步，惶惑地看著吸血魔。

「我們可以停戰吧？」喬亞說。

吸血魔張開口，緩緩吐出幾個口齒不清的語音：「不能殺……殺我，小珍會……死……」

「為什麼？」溫妮雅勉強聽得出他說什麼，一臉驚懼。

「她已經……死了，是我……」吸血魔無法再說下去。

阿芙拉猜測說：「她本來已經死了，是你救回她，方法是咬她？」

吸血魔點點頭：「她對我……很好……但跌死……」

阿芙拉又說：「你襲擊村民是因為他們要送走小珍嗎？」

吸血魔回頭看著一對中年夫婦，不消說他們就是小珍的父母。

「他們不明白……我們會被……殺……」

溫妮雅聽見，大概已經掌握到來龍去脈——小珍不知道怎地跟吸血魔有了交情，但不幸地小珍死去，吸血魔只好咬她，令她變成同類，然後送她回村。但自此她嗜血如命，要吃很多新鮮的魚，她父母覺得不妥，要送她去法術館。吸血魔知道她被送去後，就會被消滅，於是失控地襲擊村民。小珍覺得很害怕，就製造出結界保護自己和哥哥他們……

「怎樣可以令大家復原？」喬亞問。

「我不知道……我死了……力量消散……小珍也會死……我也想死……我不想吸血……不想害人……」吸血魔說話開始多了起來。

阿芙拉忽然覺得有個地方不大對勁，即問：「你為什麼懂得說話？」

「我是……人……」吸血魔説。

溫妮雅快步走到吸血魔的身前，撥了撥他散亂的頭髮，定睛看了他片刻。艾瑟立時知道她要做什麼，她要找出他的身份。果然過了一會兒，溫妮雅虛脱地往後跌去。

「你是附近的守備軍，名字是否叫端芮？」

吸血魔聽到「端芮」二字，臉色一變，卻又搖頭：「我……不記得……我被咬……很久……很痛……很痛。」

説罷，痛苦得跪在地上。

溫妮雅拿起黑龍劍，掃了掃他的頸側，果然看見兩個被獠牙咬到的齒痕。事情登時又像墮入迷霧之中，原來這個吸血魔端芮也是受害者，而且他是為了讓小珍復活才咬她。

「咬你的是誰？你記得是在哪兒被咬嗎？」喬亞問。

端芮先搖頭，後又點頭：「我不記得是誰，在軍營附近。」

「小弟！」阿芙拉急説。

「除惡務盡，如果咬他的真正吸血魔繼續四處咬人，所有人都會被控制，失卻自我。我們要在上游截住他，不讓他再咬其他人。」喬亞說。

「我贊同小弟的做法。」克遜說。

「二王子，你要回去繼位。」艾瑟搶著說。

克遜臉色一沉，想起若不回去，姑姐可能會進一步加害父王和王兄，但他又怎放心讓喬亞一個人去冒險呢？

喬亞堅定地說：「我一個人前往就可以，你們都回王都。」

克遜沉聲說：「你又要胡來？」

喬亞說：「我確實胡來，但我的蜜蜂大派用場。顯然，我們不能力敵，只可智取。」

阿芙拉說：「但你的身體撐不住。」

喬亞卻不理會她，向著端芮說：「可以解除對村民的控制嗎？」

「我試一試。」端芮瞇起雙眼，過了一會兒，村民紛紛倒在地上。

小愚連忙跑到一對夫婦的身前，叫道：「爸爸、媽媽。」

小珍也跟著跑過去，她身上的白煙已經消失，看來體溫已經恢復正常。

小愚的爸爸媽媽緩緩坐了起來，其他村民也同時醒過來。

「這裡是什麼地方？」

「我們怎會在此呢？」

「是那武者！」

「你們是什麼人？四天王為什麼都在這裡呢？」

「小愚，小珍，你們沒事嗎？」

「其他小朋友呢？」

「我家的小導呢？」

溫妮雅輕咳了一聲，說：「情況我稍後再告訴大家，你們先回去村莊，村長和你們的孩子都在等著你們……」

村民都急著回村，未聽完溫妮雅的話，認清了回村的方向，紛紛離開。

唯獨小愚的爸爸媽媽沒有離開，妻子摟著小愚，丈夫則定睛看著小珍，這個不知道是否還可以當作自己女兒的小女孩。

終於小愚爸爸跪了下來，打開雙手。

小珍興奮地撲入他的懷中，說：「爸爸。」

溫妮雅拭拭眼淚，暗想小珍縱使變成了另一頭「吸血魔」，但童真依然，仍然很需要父母的愛。

喬亞走了過來，低聲說：「你們這幾天要好好對待小珍。」

小愚爸爸抬起頭，淚如泉湧，已經知道喬亞要做什麼，狠狠地抱著小珍：「小珍，對不起。」

小珍喊了一聲痛，小愚媽媽立即罵：「你不懂得抱，讓我來！」

溫妮雅輕聲向著喬亞說：「你真殘忍。」

喬亞正想說話，她卻學著喬亞的口吻，接著說：「換了是我，也會如此。」

溫妮雅說完，感到一陣暖意襲上心頭，這是她從來沒有試過的感覺。

——難道是他的生命能量作祟？

「五天後，再來找我。」喬亞扭動右手，幾縷黑煙立即從端芮七孔散出來，回到黑龍劍之內。

端芮點點頭，回身正要離開，卻聽到小珍叫喊：「叔叔。」

「叔叔要回家了。」端芮一展開披肩，就往樹林那邊飛去。

「你們誰懂得醫術？快來救夏兒。」

溫妮雅連忙回頭，看著躺在比尤姬懷中的夏格，心中痛極。這個勤奮練功的師兄，最引以為傲的右手竟然被砍斷了。

第十二章　屍變

世上這麼大，很多事情我們都不大了解。
只是師父要我們來找二王子，
我們才好好鑽研你的事和武功，
「幻劍師」果然並非浪得虛名。

喬亞他們走近村莊，已聽到人聲鼎沸，甫進村，就聽到居民的歡呼，不住叫喊「四天王萬歲」的口號。

「二王子，對不起！」艾瑟尷尬地說。

「不要讓人知道我的身份更佳。」克遜說。

「你這個二王子生性豪邁，不拘小節。」喬亞說。

尼奧村長走了過來，握著艾瑟的手，感激地說：「謝謝你們。」

比尤姬立即問：「這裡有沒有醫療館，或者醫士？」

村長搖首：「最近的醫療館在阿葉克那城，離這裡也要半天的路程。」

克遜急說：「我們的馬呢？你們有沒有馬車，我們要送傷者到醫療館。」

喬亞回頭看著坐在黑馬上的夏格，和站在他身旁的溫妮雅，說：「我送他去吧！」

克遜回身打了喬亞一拳，喬亞立時軟弱地坐在地上，看來喬亞也已經到了極限。克遜說：「你的精神相當差，不要勉強自己。」

尼奧村長說：「我立即去辦。」

「我沒有大礙。」夏格按著右肩，低頭說道，「回王都要緊。」

「如果有醫士在附近，再加上你的『幻體術』，一定可以駁回右臂。」比尤姬說，「你不要浪費別人的心血。」

夏格微微回頭，看著阿芙拉的右手，神色黯然。阿芙拉左手結印，右手連著一個水球，水球之內，正正是夏格斷掉的手臂。

溫妮雅也勸說：「師兄，你一定可以康復。」

夏格聽著，可能是太痛的緣故，勉強擠出了一個笑容。

不久，尼奧村長領來一輛馬車和車伕，說：「真奇怪，你們昨天的馬兒都不見了，可能是走失了吧！」

「快點動身，我快要支持不來。」阿芙拉催促地說。

克遜走了過來，撥了撥她的金髮，悄悄地說：「萬事小心，我們處理好這裡的事後，就會去接你。」

阿芙拉微微點頭，眼波卻越過克遜，落在喬亞的身上。

克遜也回頭看著喬亞，喬亞仍然坐在地上，沒有站起來，看來他真的用了不少生命能量。

喬亞見師兄師姐看過來，豎起右手拇指，示意一切安好。

克遜說：「他確實成長了不少。」

「這馬車太細小，只能容納三個人，師弟和阿芙拉一定要去。」比尤姬看了看溫妮雅。

溫妮雅知道師姐的意思，即說：「我也去。」

比尤姬淺淺一笑，這個師弟喜歡溫妮雅是人所皆知的事，如果有她陪同，他的求生鬥志一定更強。

「師兄，你要撐住。」溫妮雅說。

夏格點點頭，沒有說話，在比尤姬的扶持下，登上了馬車。他坐了下來，瞇起雙眼，看著一道熟悉的身影也跟了上來。他突然很想哭，這是他不曾有過的感覺。他個子小，自幼就經常被村內其他小朋友欺負，但他從來沒有哭過、也沒有呼喊過，他知道只要自己肯努力，肯咬緊牙關，任何事都會雨過天晴。

但當下他卻感到前所未有的委屈，他很想呼喊，很想找個地方躲起來，他不想讓任何人治療他，更不想別人同情他。其實比尤姬猜錯了，夏格最不想見到的就是溫妮雅，她可以看見他的強大、他的堅強，就是不能讓她看到自己的軟弱。

他感到委屈，感到無地自容。他低下頭，盈眶的淚眼再沒法看到任何東西。

溫妮雅登上馬車，從車內看出去，眼波落在喬亞的臉上，剛好互望了一眼。她想叫他一聲，可是卻不知道說什麼才好。他們相識不過是數天，卻經歷了如此一場大戰，理應有戰友之間的親密感。然而，不知道怎地，她此刻就是說不出話來。

她很想告訴他自己很快就回來，不過話未說出口，她就覺得這句話不是太妥當，不自覺問：我為什麼要告訴他？這根本不是他們一直相處的風格，他們應該互相揶揄對方才對。她只好徐徐嘆了口氣，從馬車之內拿出一張毛氈，蓋在夏格的身上。

喬亞站了起來，剛好迎上溫妮雅的眼波，不過他沒有作聲，只是揚揚手，把黑馬收回黑龍劍之內。

車伕打了一鞭，馬車迅速轉入大路，不久後離開了眾人的視線。

「我們回去禮堂。」克遜說。

喬亞四人甫走進禮堂，克遜當先問：「為什麼要五天呢？」

比尤姬微感錯愕，喬亞之所以說五天，不是要讓小珍一家人有相處的機會嗎？

「我有個地方想去，一來一往，再加上調查，可能需要三天的時間。」喬亞知道瞞不過師兄，坦白說出自己的想法。

「哪裡？」克遜問。

「就是我們三人都耿耿於懷，發現那具屍體的河畔。」喬亞說。

艾瑟與比尤姬還是首次聽到這件事，克遜連忙解釋。

「那具屍體確實很可疑。」艾瑟皺眉說。

「你以為是吸血魔所為嗎？」比尤姬猜測說。

喬亞搖首說：「從傷勢看來，並不相像。」

「爪傷、毒傷，確實跟吸血魔傷害人的手法不相同，而且吸血魔咬人後，會把對方控制住，根本不用殺死對方。」比尤姬說完，感到有點不寒而慄，如果不是他們合力，再加上喬亞的機智，可能他們已經步村民的後塵，被吸血魔控制住。

艾瑟問：「他有被咬過的痕跡？」

喬亞搖頭說：「當時沒有察覺，我就是想回去看看。」

艾瑟好奇地說：「只是這麼簡單嗎？」

喬亞又說：「你們與溫妮雅一直有聯繫，理論上我們都走同一條路，為什麼只有我們四人進入了結界，而你們三人沒有呢？」

艾瑟「嗯」了一聲，說：「是小珍挑選了你們？我們早前來的時候，妹妹跟小珍最為稔熟。」

比尤姬說：「難道你懷疑跟那具屍體有關嗎？」

喬亞呼了口氣，說：「我也不知道，這只是我的推測。讓屍體受傷的，可能也是『八大惡』之一。他們之間有種聯繫，我們在接觸屍體時，啟動了這種聯繫，因而可以走進結界。」

比尤姬皺眉說：「『八大惡』不是遠古的生物嗎？為什麼會突然出現呢？」

克遜說：「我們也不知道，但吸血魔再現已經是鐵一般的事實，希望他只咬過端芮，如果有多個像端芮的傢伙，我們看來要召集大軍才可以。」

比尤姬深感事態嚴重，說：「我也去！」

喬亞否決她的提議：「你們要跟師兄回王都，這裡的事交給我。」

比尤姬皺眉說道：「只有你一個人？」

喬亞說：「我只是去看屍體……」

艾瑟輕咳了一聲：「但你還要對付真正的吸血魔。」

喬亞嗤之以鼻：「我只是去偵察，如果被發現，我一個人逃走也比較輕易。」

克遜謹慎地說：「我們一起去找阿芙拉，讓她陪你。」

喬亞搖首說：「不用了，回到王都，有熟人接應比較好。」

艾瑟、比尤姬同時露出尷尬之色，喬亞只好說：「經此一役，我放心讓師兄跟你們一起回王都，但到了王都後，你們總不成整天跟著師兄。」

比尤姬本來想提議由溫妮雅陪同他，不過想起受傷的夏格，就住口不說。她也是過來人，從溫妮雅看喬亞的眼神，她知道溫妮雅已經喜歡上喬亞。她更知道感情是不能勉強，不過夏格受了這麼嚴重的傷害，如果連溫妮雅也離開，說不定這個師弟會從此一蹶不振。

喬亞說：「就此決定，我這兩天耗了太多精力。今晚要好好睡一覺，明天才動身。如果這裡沒有你們需要注意的地方，也該趕去阿葉克那城會合師姐，以便一起出發。」

克遜讚嘆說：「小弟，你真會替人設想。」

喬亞聳聳肩，說：「是麼？我只是怕人多麻煩。」

克遜知道這個小弟口不對心，輕輕握拳，打在他的心坎上。喬亞也握拳打在克遜的胸上。

翌日清晨，喬亞離開禮堂，拖著馬匹，獨自離開村莊。

昨天下午，克遜、艾瑟和比尤姬已前往阿葉克那城醫療館，留下喬亞一人在村裡休息。

艾瑟臨走前，說：「我稍後會請醫士來看看村民，以及派一隊巡查隊前來找你，你如果有用得著他們的地方，不用客氣。」

喬亞搔搔首，說：「我最怕跟人合作。」

這應該是喬亞拜師後，第一個不跟克遜、阿芙拉兩師兄姐一起過的清晨。

陽光沒有因而變得燦爛或黯淡，空氣也沒有變得特別清爽或濕重，一切如舊，如平日的清晨。

喬亞飛身上馬，也不見他有任何動作，馬兒已離開村莊。跟昨天不一樣，渡頭停泊了四艘小艇，有幾名早起的村民正在洗刷船身，繁忙中帶點閒情，誰會想到村民昨天不是成為吸血魔的奴隸，就是被困在結界之內呢？

——幸好他們都康復了！現在只差小珍！無論是誰，都不可以傷害其他人！

村民都不認識喬亞，只把他當作艾瑟他們的同伴，見他離開，紛紛揮手以示答謝。

喬亞一點也不急，揚了揚手，任由馬兒沿湖踱步。他左手結起手印，口中唸唸有詞，該是在練習「精靈法則」。可是過了良久，四周都沒有任何異樣。湖水依舊流著，沒有半點變化。

「原來你這個不可一世的傢伙，也有不擅長的事。」

一把不算太熟悉，卻使喬亞沾沾自喜的女聲自他背後響起。

喬亞沒有回頭：「我不像你，不是什麼也只懂點皮毛。」

「皮毛？別忘記要不是我在最後關頭，操控你的黑龍劍，你根本不能乘混亂召喚出那些小蜜蜂。嘿，真是猜不到取勝關鍵是那些小傢伙。」

沒錯，騎著馬追來的她就是理應在阿葉克那城的溫妮雅。她的臉紅紅的，說完話後有點喘氣，明眼人都知道她是漏夜趕過來的。

喬亞沒有問她為什麼會出現，只是說：「小的未必沒有用，不過取勝關鍵不是牠們，而是端芮對未知的恐懼。」

「未知的恐懼？」

「那些小蜜蜂這麼細小，你猜真的可以傷害到他嗎？恐怕只要他狠狠地呼一口氣，就能把牠們統統吐出體外。」

「原來如此，他從未受過來自內部的攻擊，因此不知道會否受傷，所以才無條件投降，你真狡猾。」

「這是計謀。」

「你是什麼時候想到用這一招呢？」

「我這招是專門用來對付刀槍不入的傢伙，黑龍跟他硬拚後，我就知道不能硬拚，只能智取。」

「那麼，你讓我使用黑龍劍也是計謀嗎？」

「我哪有這麼聰明呢？我當時真的虛脫。」喬亞失笑說。

「但你握著我的手，不是傳了功給我嗎？」溫妮雅問。

喬亞把黑龍劍微微舉起，說：「你再試試。」

溫妮雅吸了口氣，揮揮手，運起了「御劍術」神功，可是這一次黑龍劍卻沒有離開劍鞘。

「看來你也有不擅長的事。」喬亞學著溫妮雅的口吻。

「你欺人太甚！」溫妮雅伸手去搶黑龍劍。

喬亞劍交左手，把劍移開。

溫妮雅不甘心，側了側身，喬亞想避開她，不料她整個人碰了上來，長髮剛好掃過他的鼻子，頓時升起一陣女子的香氣，喬亞的動作稍微緩了下來，溫妮雅二話不說就搶過了黑龍劍。

她握著劍柄，正要發力，卻發現自己的姿勢竟然有點像躺在喬亞的懷裡，頓時臉色緋紅，比剛才趕過來的紅臉更紅。

「你就是如此不合群。」溫妮雅邊罵邊鬆開右手。

「我又沒有受傷，到醫療館幹什麼呢？」喬亞說。

溫妮雅移正了身子，問：「你就不問我為什麼來？他們怎樣呢？」

喬亞聳聳肩：「你喜歡說我就聽，你不喜歡說我就不聽。」

溫妮雅淺罵：「因此我才說你不合群。」

「我知道了之後，你是否不跟著我呢？如果是的話，我就聽。否則你不用告訴我，我對你的事不大感興趣。」喬亞說。

溫妮雅皺眉說：「誰要你對我的事感興趣，而且我不是要跟著你。我也要一起去再看看那具屍體。」

喬亞雙腳一夾，馬兒立時加快速度，往前飛奔而去。

「你……」溫妮雅眼神裡卻泛起一陣笑意。

不過她的笑容很快就消失，那怕只是一個微笑，也很難再在她的臉上找到。

他們來到河畔，看見本來用來辨認埋屍位置的大石竟然移了位，被推至河邊。

他們立即下馬細察，發現埋屍的泥土被翻起來，當然屍身也早已不在。

溫妮雅蹙眉說：「盜屍嗎？」

喬亞看看泥土，再看看遠處的大石，臉色頓時一沉，說：「這不像盜屍。」

溫妮雅訝異地問：「那會是什麼呢？」

喬亞說：「你應該知道另一個答案。」

溫妮雅按著嘴巴：「是他自己復活？這豈不是屍變嗎？」

喬亞說：「我不敢肯定，但如果從外面挖進去，旁邊的泥土理應堆成一個小沙丘，而且會露出一個深坑，但現在呢？泥土的變化沒有太大，從散落位置來看，似一個人突然坐了起來。」

溫妮雅露出難以置信的神色，不是全因那具屍體，而是喬亞竟然注意到這麼細微的地方。

喬亞又說：「而且若你要盜墓的話，只需要把大石移過一旁就可以。但現在大石顯然是被重轟而飛到河邊，再配合泥土的狀況來看，該是那人起來的時候，把大石同時打至遠處。」

溫妮雅皺眉說：「吸血魔之後，就到屍變？」

喬亞說：「我也不知道，你讓開一點兒。」

溫妮雅立即退到他的身後，他遞出右手，黑龍劍出鞘，幾隻野狗立時跳了出來，拚命地在挖地。

「你要找什麼？另一具屍體？」溫妮雅問。

「只是隨意挖掘，看看有沒有其他發現。」喬亞說。

「哥哥說你懷疑是另一『八大惡』所為，若是真的話，會是什麼呢？」溫妮雅說。

「我本來以為這屍體也是『八大惡』之一，不過現在卻有另一種想法。」

「什麼想法？」

喬亞咬一咬牙說：「他又中毒，又受了爪傷，不大可能支持下去。死後可能遇上端芮或者其他吸血魔，被咬後復活過來。」

溫妮雅推測：「但吸血魔的爪沒有這麼鋒利。如果是吸血魔讓他復活，即另有一『人』襲擊他。即是在整件事上，至少牽涉三個『人』——吸血魔、死者和擁有利爪和毒液的人。」

「利爪和毒液可能是兩個人。」喬亞說。

「會是『八大惡』嗎？」溫妮雅問。

喬亞呼了口氣，說：「我也可以變出巨熊和毒蛇。」

溫妮雅定睛看著喬亞，說：「除了你，還有人懂『幻劍術』嗎？」

喬亞搖首說：「我原以為這個世上只有師父和師姐才懂得『精靈法則』。」

溫妮雅明白他的意思，說：「我也不知道，世上這麼大，很多事情我們都不大了解。只是師父要我們來找二王子，我們才好好鑽研你的事和武功，『幻劍師』果然並非浪得虛名。」

喬亞失笑說：「你終於認同我。」

溫妮雅臉色又不爭氣地紅了起來，正要說下去，卻聽得幾隻野狗圍著一物狂吠。

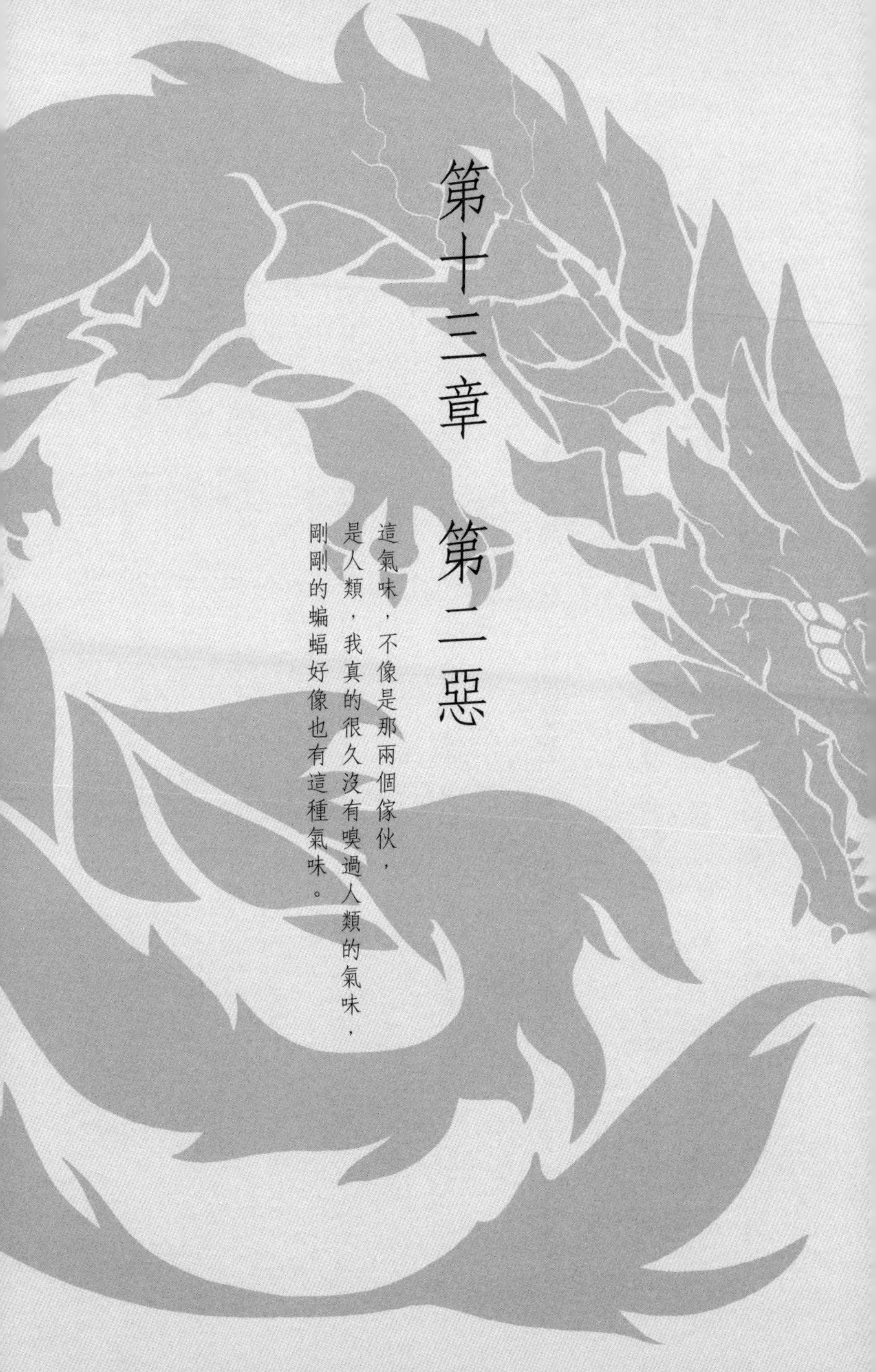

第十三章 第二惡

這氣味，不像是那兩個傢伙，
是人類，我真的很久沒有嗅過人類的氣味，
剛剛的蝙蝠好像也有這種氣味。

喬亞與溫妮雅走近去看，只見一塊染青的泥土。

「這是什麼？」溫妮雅問。

「該是血跡。」喬亞說。

「青色？」溫妮雅說，「乾了的血應該不是這種顏色。」

「如果不是血跡，牠們不會如此反應。而且……」喬亞說，「泥土下好像有些蟲的屍體。」

溫妮雅走近去看，果然看見不少已經死去的蟲，不過實在有點兒難看，她只好岔開話題：「這些野狗都是偵察型嗎？」

她心裡卻想，黑龍劍內到底住了多少聖獸，昨天那嘴如尖刺的魚她就從來沒有見過。

喬亞似乎知道她的想法，說：「只要是我見過的生物，黑龍劍也可以製造出來。攻擊型屬於短距離的，需要我控制才能行動；偵察型屬於遠距離的，不需要我控制，牠們會按我的指示，自由發揮。不過無論是哪一種，牠們都具備了那動物本來的特質，鷹會飛，蛇會放毒……」

溫妮雅本想問他為什麼懂得這種法術，卻深知這是他的秘密，也是所有施術者的秘密，就忍著不問。

「你不用問我了，師父也不知道我為什麼懂得這種術式。可能是與生俱來的能力，又或者有人在我的……」喬亞指了指胸膛，「體內藏了個動物寶庫。」

溫妮雅說：「你為什麼告訴我這些呢？」

「你不想知道嗎？」喬亞聳聳肩，沒有再說下去。

「狡猾。」溫妮雅罵完，心裡卻有種揮之不去的奇妙感覺。沒錯，就是這種感覺，令她今早不跟哥哥他們說一聲，就騎著馬從阿葉克那城追了過來。自從聽到喬亞要獨自去翻查屍體，她的心就生起要去看他一眼的感覺。

因此，在天亮之前，她已經策馬跑去村莊，可是在禮堂卻看不見喬亞。她只好獨自往心湖走去，幸好她很快就看到喬亞的身影。

雖然只是半天沒有見面，她卻有很多事想跟他說，哥哥沒法還原天道、鬼道雙劍，她只好跟兩柄比較輕的劍立約；夏格的右手已經駁回，不過可能要休養大半年才康復；

還有很多很多事要說……

但當她走到他身旁的時候，她就不想說這些。她只想靜靜地看著他，這個曾經看不起她的他。

喬亞揚揚眉，看了她一眼後，就拍了拍那些野狗的頭，牠們該是受到喬亞的指示，立即四處嗅嗅。突然，其中一隻野狗似有發現，立即往蘆葦叢跑過去。其他野狗也一窩蜂跑了過去。

溫妮雅問：「牠要回去屍體發現的地方？」

「不是，我告訴牠們要去找屍體到了哪兒。」

果然，幾隻野狗穿過了蘆葦叢後並沒有停下來，只是一直向前跑。

「上馬。」喬亞馳馬遠去。溫妮雅立即追著他。

野狗帶著他們不斷向前衝，有時候往左面，有時候往右面，終於來到一個小山洞前。

兩人下了馬，溫妮雅正要走過去，喬亞卻拉著她的手，說：「不要去。」

溫妮雅微感訝異，露出疑惑之色。

喬亞放開右手，說：「野狗的反應不妥。」

溫妮雅果然見幾隻野狗想撲進洞內，卻又不大敢上前，只是一直在吠，顯得進退兩難。

喬亞擺一擺手，收回幾隻野狗，然後五隻蝙蝠飛了出來。

牠們往洞內飛去，不久就消失在溫妮雅的眼前。

他們都沒有說話，屏息等待五隻蝙蝠的消息。

突然喬亞臉色一變，叫了一聲「糟糕」。

四縷黑煙從山洞急飛出來，同時回到黑龍劍之內。

——四縷黑煙？他不是放了五隻蝙蝠出來嗎？

「有一隻被殺了。」喬亞狠狠地說。

——什麼？連被召喚出來的聖獸也會被殺？牠們被消滅之後，不是會回到劍身嗎？

溫妮雅滿腦疑惑，可是喬亞說出來的話，她知道不會是假的。連他也說「糟糕」，她就知道自己不能有所保留，迅速拔出了雙劍。

「是誰呀？這麼美味？是老三，還是老七，你們怎樣懂得製造這種美食？比那些蟲更美味。」一把低沉得如呢喃的聲音自洞內傳出來。

喬亞右手握著黑龍劍，神情異常緊張，就像昨天初初看到吸血魔真身的時候一樣，看來洞內的傢伙不會比吸血魔容易對付。

——昨天我們要合數人之力，再加上他的智慧才勉強制住吸血魔，現在只有我倆，而且他的面容好像有點兒不妥當。

溫妮雅想著，左手一放，長劍凝於半空，像毒蛇般進入攻擊狀態，搖晃不定。

「這氣味，不像是那兩個傢伙，是人類，我真的很久沒有嗅過人類的氣味，剛剛的蝙蝠好像也有這種氣味。」

說完，他終於出現在洞口。他面容瘦削、頭髮蓬鬆、衣衫襤褸，不是喬亞他們前天見過的屍體，又會是誰呢？

而且，他的身體嗅起來比前天更臭，那氣味像混合了多種動物的屍臭。

——這傢伙果然真的復活了，而且怎會這麼臭呢？

溫妮雅禁不住用左手掩著鼻子，右手則操控著長劍。她知道自己能力有限，肯定不可以操控兩柄鋼劍，於是捨難取易，只駕馭一劍。

喬亞卻像嗅不到那令人欲嘔的氣味，只是舉起黑龍劍，平放在自己的胸前。他瞇起雙眼，聚精會神地看著眼前死而復生的傢伙。

「他的傷口不見了。」喬亞說。

溫妮雅這才發現他的衣衫之下，爪痕已經不見了。

「人類麼，實在很美味！」屍體冷眼看著二人，看得溫妮雅心底有點發寒。

喬亞大叫一聲，一頭擁有利爪的巨熊跳了出來。

溫妮雅暗覺訝異，既然屍體實力如此強橫，喬亞為什麼不召喚出黑龍呢？難道他想重施故技，以蜜蜂去偷襲他嗎？

不過細心一看，卻又見不到蜜蜂的蹤影。

巨熊往前一撲，往屍體抓去。牠的手掌很大，能媲美屍體前天身上的傷痕。

溫妮雅立時明白過來，他是想比較兩道爪痕，確認傷害他的是人，還是動物。但他能夠打到屍體嗎？

就在她細想的時候，屍體竟然用雙掌插在巨熊的身上，巨熊完全來不及反應，被兩掌刺穿了身體。

不過，溫妮雅並不擔心，聖獸都是喬亞通過黑龍劍召喚出來的，只要喬亞收回受了傷的聖獸，除了他本人會受點痛楚外，一切都照常。

「就是這種味道。」屍體用鼻子嗅了嗅巨熊的身體，黑煙竟然被他吸進了體內。

「什麼？那不是聖獸嗎？為什麼會被吞噬呢？」

喬亞大叫：「你的劍！」

溫妮雅立即明白過來，右手向著屍體一指，長劍直飛而出，竟然一下子就刺中了屍體的心坎。他的動作頓時有點遲滯，喬亞乘時把右手往胸前一推，巨熊立即潛回黑龍劍之內。

「可惜。」屍體舌頭在口腔掃了一下，竟然把部分黑煙吃進肚內。

——原來是這樣吃！

屍體低頭看著貫穿胸膛的長劍，冷然一笑，說：「雖然我不會覺得痛，但這樣帶著一劍在身，實在很不方便，還你！」右手拉出長劍，往溫妮雅身上投過去。

溫妮雅正想再施展「御劍術」操縱來劍之際，喬亞突然轉身說：「逃！」

兩人正想跳上馬匹，屍體卻大力深呼吸一下，兩匹馬竟然被氣流扯了過去。屍體跳了起來，踏在其中一匹馬上，說：「你們真美味！」

說完，馬匹的頭頂竟然升起一道黑煙。屍體張開口，就把黑煙吸進體內。奇怪的事發生了，黑煙被吸，馬匹本來壯健的身體突然向內收縮，漸漸見到骨架。

喬亞見她目瞪口呆，連忙拖著她的手，向上一跳。

溫妮雅不明所以，正覺好奇之際，喬亞手上的黑龍劍竟然飛出一隻巨鷹。喬亞看準巨鷹的爪，往上一伸，即被巨鷹扣著手腕朝天飛起。

平日只得他一人，巨鷹絕對可以飛得起，可是現在是兩個人的重量，牠飛來顯得有點吃力。

「小心點！」喬亞說完，屈膝一躍。巨鷹受到他的勁力推動，擺脫了枷鎖，飛了起來。

——那屍體在做什麼，聖獸可以被吞噬的嗎？那真的是聖獸嗎？

溫妮雅感到有點兒不妥，竟發現屍體追了過來。

喬亞當然也知道追兵正慢慢貼近，咬一咬牙，黑龍劍再飛出一頭巨鷹，牠在高空盤旋了半圈，即刻扣住了溫妮雅的手。

本來兩人一鷹，即時變成兩人兩鷹，巨鷹的速度頓時提升，把屍體遠遠拋離在其後。

屍體卻不大甘心，一直追著二人。

不過他顯然行動不太方便，走出了森林後就停在河畔旁，再沒有追著他們。

——幸好他不像吸血魔懂得飛行！

他們順利越過了阿髮河的支流，飛到對岸的山頂之上。

兩人落在地上，溫妮雅立即回望，只見屍體已經變成了一個小黑點，停在很遠很遠的地方。他見追不到二人，也就放棄了，跑回森林裡。

喬亞把兩頭巨鷹收回黑龍劍後，狠狠地握拳打在地上：「那傢伙太可惡了。」

「你沒事嗎？剛才到底是什麼一回事，他不但吸食了巨熊，還有那兩匹馬。那巨熊不是被封印在武器內的聖獸嗎？」溫妮雅仍然盯著對面的森林，以防屍體突然走過來。

喬亞頹然說：「是生命能量，除了黑龍是真正的聖獸外，其餘所謂的聖獸都是我的生命能量。」

溫妮雅訝異地看著喬亞，有點難以置信，她根本沒有想過那些聖獸不是真正的動物，而是喬亞用生命能量製造出來的。

「我真大意，看見那些蟲屍就該發現，那傢伙是以生命能量作為食糧，才可以復活。如果不是被他吃了一隻蝙蝠，我無法與黑龍同步，我一定可以打敗他。真可惡！」喬亞情緒顯得有點不穩定。

溫妮雅顫聲說：「你不要嚇我。」

喬亞突然偏頭看了看溫妮雅，左手自地上拿起來，一隻黑色的兔子竟然自他的掌心跌了出來。

溫妮雅搓搓眼，看到黑龍劍仍在他的右手，他的左手是怎樣做到呢？

「劍並非觸媒，那些小動物也不是住在黑龍劍內，一切都是我的生命能量。」喬亞說，「他是我的剋星，我沒辦法打敗他。」

溫妮雅終於明白喬亞為什麼如此沮喪和激動，他一直引以為傲的術式，不但對屍體起不到作用，還是他的食糧。如果剛才還打下去的話，喬亞就會步兩匹馬的後塵，被活活吸乾而死。

「他到底是什麼傢伙呢？」

「他就是我的老四——屍邪鬼。」

溫妮雅暗呼大意，竟然被敵人如此輕易潛到他們的身旁。

一頭黑影撥開了雜草，走近了他們。

由於他背後的陽光太刺眼，溫妮雅看不清楚他的面容，不過她相信他有份傷害屍體，他的右手有一隻不大成比例的利爪。

「我本來不想殺人類，但是不殺你們，你們早晚會成為老四的食糧，真抱歉，非殺你們不可。我先自我介紹，我是老三——人狼王。」說罷，他猛然仰天長嗥，竟然真是一頭野狼的聲音。

——這到底是什麼一回事？吸血魔後，又是屍邪鬼，又是人狼王，這「八大惡」為什麼都在這裡呢？喬亞已陷入崩潰邊緣，不能再讓他出手。但以我一人之力能夠對付這頭狼嗎？

——哥哥，你們快點來救我吧！

（第一集完，請看第二集）

幻行者1 吸血魔結界

作者／徐焯賢
封面及內頁插圖／寺健
總編輯／葉海旋
編輯／麥翠珏
助理編輯／葉柔柔
出版／花千樹出版有限公司
地址：九龍深水埗元州街二九〇至二九六號一一〇四室
電郵：info@arcadiapress.com.hk
網址：http://www.arcadiapress.com.hk
印刷／美雅印刷製本有限公司
初版／二〇一九年七月
ISBN: 978-988-8484-49-2